红玉

神探蒲松龄

滕 达◎著

南方出版传媒
花城出版社
中国·广州

图书在版编目（ＣＩＰ）数据

神探蒲松龄——红玉 / 滕达著. -- 广州 ： 花城出
版社，2016.1（2019.1重印）
ISBN 978-7-5360-7655-6

Ⅰ．①神… Ⅱ．①滕… Ⅲ．①长篇小说－中国－当代
Ⅳ．①I247.5

中国版本图书馆CIP数据核字(2015)第216326号

出 版 人：詹秀敏
特邀策划：玄虎教育
责任编辑：陈宾杰　黎　萍
技术编辑：薛伟民　凌春梅
封面设计：鹰影视觉传达

书　　名　神探蒲松龄——红玉
　　　　　SHEN TAN PU SONG LING HONG YU
出版发行　花城出版社
　　　　　（广州市环市东路水荫路11号）
经　　销　全国新华书店
印　　刷　佛山市浩文彩色印刷有限公司
　　　　　（广东省佛山市南海区狮山科技工业园A区）
开　　本　787毫米×1092毫米　16开
印　　张　14.25　1插页
字　　数　160,000字
版　　次　2016年1月第1版　2019年1月第2次印刷
定　　价　35.00元

如发现印装质量问题，请直接与印刷厂联系调换。
购书热线：020－37604658　37602954
花城出版社网站：http://www.fcph.com.cn

上世纪 90 年代初，我去江南常熟拜访一位忘年交，老人家胸罗万象，在日本举办的世界篆刻大赛中，匿名投票，十万人中拿了榜眼。他的家在翁同龢隔壁，外看白墙黑瓦，里面藏书甚丰，由于时常漏雨，书架上放些遮物。临行前，他送了我一套旧版《聊斋志异》，说是一生至爱，声称此书出版以来，无人改得了一个字或一个符号，笑言或许我能破解一二。

我是个信以为真的人，回京后，真把这事当成科研项目了，经常晚上在那儿推敲。你得承认，《聊斋》真是人类最好的短篇小说，不知不觉中我上了瘾，成了铁杆蒲迷不说，人生的认识也提高了许多。至于找错，嘿嘿，您来试试？那一年，儿子两岁。

我是看小人书长大的，所以，很希望以此类推。还好儿子也喜欢，时不时提些问题，而且随着年龄增长，开始读原著，有时对问，三国里有哪十个姓张的？姓李的？经常张冠李戴的，反倒是我了。在北师大附中念初中时，他和另一位同学上台讲三国，那位谈十大谋士，他则是"一吕二赵三典韦、四关五马六张飞……"名著中，除了《红楼梦》，他都爱看，对《聊斋志异》和《东周列国志》也念念有词。

记得有人说，对孩子的培养，最重要的是，通过观察发现他的偏好。我虽然很忙，还是发现他爱看《柯南》，一会儿笑、一会儿沉思，怎么反复也不厌倦。有回，他在门外放了个东西，然后躲在屋里用绳子拉，捣鼓了一个多小时，我问他干吗呢？这小子头都没抬，说了句："破案呢。"

念高中时，滕达得了两次全国化学竞赛二等奖，把北大的化学基础课都学完了，后来是直接去美国伍斯特理工读的本科。临走前，他留下了数以百计的各类侦探小说。问他哪本好？他说："你先看《Y的悲剧》吧。"然后两天之内，我又读了《X的悲剧》及《Z的悲剧》，并在博客里写道："没看过这三本书的人，有白活了的嫌疑。"

毕业前，他征求我的意见，我说回国吧，再读七年博士，说好听的叫科学家，实际上也就是一理科宅男。2014年夏天，他进了一家很好的保险公司，做再保险业务，业余时间打游戏，或者看推理小说。我们都是社科院八间房足球队的，上阵父子兵算是保留节目之一，有一回我跟他说："你为什么不写点什么呢？"

过了一个多月，大概是十月底，他忽然发来了一封邮件，是一篇《红玉》。我那段时间很忙，某个周末抽空一口气看完，感到十分吃惊：太棒了！这小子竟敢解构《聊斋》，愣生生把蒲松龄变成了一位疲懒的大叔，而且手法很是老道，没有半点生涩。当然，文字还是需要加工处理的。

到了《成仙》，滕达开始了天马行空，就故事性而言，可以说是无与伦比的，杀妻、隐遁、同性恋、武功大 PK，直到孤胆破敌穴，比之同期的徐克《智取威虎山》，卖点要多出不少。春节前，他呕心沥血地写完了《聂小倩》，这又是一部步步设局、处处意外的复仇犯罪作品，真不知道，他的想象力到底有多大空间？年轻真好啊！

有一天，滕达跟我说："我特想拿着出版的书，亲手送给我的初中语文老师。"我很理解，因为这位老师启蒙了他，天天早自习，逼着孩子们背《论语》《道德经》。当初是那么抵触，而今却是恍然大悟。

我不知道忘年交现在如何了，但报道里得知，他的长子已经是亚投行的掌门人了。事实上，我或其他人都破解不了《聊斋》，只是我的儿子用这种方式来颠覆，是不是冥冥中的一种天意呢？

鬼神不存在也好，敬而远之也罢，只是希望滕达描写的那些爱恨情仇，还是少一些为妙。人们在这个世界上已经活得很累了，祈愿天下有情人终成眷属吧。是为序。

滕征辉

（滕达之父，畅销书《段子》系列作者）

不怕您笑话，我这辈子做梦都没想过自己能写出本书来。至于您当前掌中这本，全得益于站在古今中外文学巨匠们的肩膀上。这事说来话长，想我小学时沉迷奥特曼，整日在家中玩赏图鉴，比划梅塔利姆光线等等，终被忍无可忍的母亲封杀，不得已，遂转投父亲珍藏的小人书的怀抱。在黑白的图画中，走马观花一般看过了三国和说唐，这是我与古典小说的初见。那时我最崇拜的两人，一人是古之恶来典韦，另一人是天下第四杰雄阔海；另有两处伤心地：宛城辕门与扬州闸下。

　　随后不久，我又在电视上发现了新宠：红过半边天的《名侦探柯南》。除却几集著名的童年阴影绷带怪人、图书馆长、蓝色古堡，我印象最深的细节，莫过于使用三枚倒置的国际象棋棋子和电话答录机的磁带卷，将钥匙从门外拽入上锁门内，压在笔记本之下。非典期间学校停课，百无聊赖的我在家实践近百次，如今我可以光明正大宣布，青山老师的手法有极大问题！我发现以青山老师漫画中的布置，三枚棋子总是垫在笔记本之下，与应有效果严重不符。经过多次调试实验，我发现唯有在三枚"兵"全数放在硬皮笔记本的边缘，且突出边缘三分之一，以摇摇欲坠之势撑起笔记本的情况下，才有把握在磁带卷拖倒一枚"兵"时，避免将棋子与钥匙一同压在笔记本之下。但在青山老师的原著中，三枚棋子却在笔记本的中央，且笔记本亦是软皮，达到青山老师期待效果的几率几乎为零。

又过不久，一次偶然的机遇下，我与母亲走进一家书店选购书籍，我在无意间看到一套《亚森罗宾探案集》。因在柯南中曾听闻此人之名，遂忙求母亲购得。如今这套著作早被我遗忘将尽，只记得《双面人》一册精彩纷呈，但这套书籍却切实将我引入了侦探小说的世界。自此之后我一发不可收拾，在初中至高中期间内，我逐一读过柯南道尔、克里斯蒂、奎因、岛田庄司、东野圭吾等人的著作并深深为之折服。

与此同时，在刚刚升入实验中学时，我的语文老师于晓冰先生令全班学生背诵《弟子规》《三字经》《千字文》《论语》《大学》等著作并每日抄写练字。彼时我虽然多有愤懑，却在不经意间打下了良好的古文以及国学基础，更为《千字文》这般的绝世之作大加叹服。一次偶然，于老师提及一册书，名叫《世说新语》，言称极是有趣。当天我回到家中翻遍书柜，竟真寻得一册蔡志忠先生所画的漫画《世说新语》，看得好不过瘾。其后我翻遍蔡志忠先生作品，自然也包括了《聊斋志异》一册。对魏晋版段子着迷的我，自然极快便对狐鬼版段子产生了极大兴趣。待到高中时，随我的古文功底愈加长进，我不再满足于漫画，转而寻找原文阅读，从《菜根谭》至《封神演义》，可谓无不涉猎。

可惜高中毕业后留学四年，除却在实验室钻研，我只顾与朋友踢球玩乐，虽度过了一段无比快乐的时光，却怠慢了诵经读典不假。而在破釜沉舟，欲冲入顶级名校却名落孙山后，我重返家乡，很快重操旧业，利用业余时间再度读起当年最爱的典籍，恶补这几年落下的经典与推理小说。在古今中外的交汇之中，我一时阴差阳错，竟以推理小说的思路读起《聊斋志异》，阅罢《尸变》一文后，我当即大惊失色，料定书中的神怪轶闻背后另有玄机。因此，我将书中的要点、疑点与证词证据一一列出，重新整合，推翻了原作。我兴奋不已，又将此法套用于另几篇《聊斋》文章中，竟频频得手，可谓屡试不爽。大喜过望的我又不断将疑点及证据进行整合，并适当演绎，还原出另一出故事。其后，我灵机一动，心想何不借用蒲先生本人之口重解聊斋奇谈？于是，便有了这本借近现代推理小说之风骨，焕然一新的聊斋奇闻。

虽然我本人才疏学浅，实写不出如蒲松龄先生所著"视之，美。近之，微笑。招以手，不来亦不去"这般有如神来之笔的语句，但还希望各位看官不弃；与我，以及蒲松龄大师一同，重返数百年前那刚刚经过重创的中原土地，共探神鬼妖狐奇谈的真相。

实不相瞒，写作期间我几度遭遇瓶颈，几欲放弃，但彼时我在研习《西游》时恰巧读得一篇难得之文，是宜恒先生所著《敢问路在何方》。正是此文，给予了我极大动力将本书完成，又赋予我诸多启迪。如今书作已成，我时常慨叹：我虽与宜恒先生素昧平生，却得到同为研究神鬼经典的宜恒先生之助，唯有天意才可解释罢。

滕达

目录

序幕

"管辂言：'南斗主生，北斗主死。有所祈求，皆向北斗。'相公，你意下如何？"屋内传来女子的话语。

　　我行至门前，只见对案的男子笑答："北斗受了酒肉贿赂，擅将'十九'改作'九十'，该当何罪？娘子，虽说求于北斗可增寿命，不过，我却会问南斗，将你我二人来生的生辰，也写在同一年代，以求再共度一世。"

　　"蒲先生，嫂嫂，严飞有礼了。"我站在门前一边高声叫道，一边向守案对坐的夫妇作揖。

　　两人吃了一惊，男子急忙对女子使了个眼色，便突然向窗口跑去，大喊："暮投淄博县，有吏日捉人。老翁逾墙走。"他叫着竟故作跳窗逃命状。

　　女子见状不禁哑然失笑，与我连连恭敬作揖，近前道："听妇前致词：三男邺城戍。一男附书至，二男新战死。存者且偷生。"

　　不等女子说完，我笑答："嫂嫂莫不是打算来投奔衙门，做些炊事生计？"

话音刚落，跳窗的男子扭过头，拊掌大笑道："好，好！飞，如今你终究被我和香云二人拉下水，同流合污了。"

"这对无药医的老顽童！"我心中默念，不禁苦笑起来。

双手仍钩着窗口，身着玉色的宽松马褂，垂着乌黑发辫，嬉笑答话的这位男子，是本地号称狐鬼居士的才子蒲松龄。至于眼下故作惨然致辞的温婉女子，则是他的爱妻刘香云。

这狐鬼居士的名号，实有些来头：蒲松龄先生自孩提年岁至今，始终痴迷于神鬼妖狐的传说。身为致力于考取功名的学子，蒲先生家中竟收满了《搜神记》《山海经》《游侠传》一类的奇书，而非圣贤经典；他口中的言辞多是各地奇闻，而非古今诫训。去年，蒲先生应乡试，名落孙山。他的两位学友张笃庆、李尧臣痛心疾首，苦劝他莫要因执迷于神鬼之谈而误了学业，张笃庆成诗相劝诫，李尧臣更以"狐鬼居士"之名相讽喻。岂料蒲先生听了这名号大喜过望，他不但置学友的劝诫不顾，竟变本加厉，以"狐鬼居士"自居，更号称要写本广揽古今天下奇谈的书来！只苦得众多学友连连摇头。

闲话不提，故作逾窗的蒲先生与我拱手上前，笑道："飞，有怎生的要紧事，竟打断我与香云儿女情长？这罪过可不差石壕酷吏。"

见蒲先生依旧不正经，我笑答："蒲先生方才的引述却也恰当，我此行当真是前来捉人的。"

蒲先生收了笑容，道："既如此，直说来意无妨。"

我答道："朝廷派御史往广平查案，半月无果。不知御史从何处听了风声，竟亲自来淄博衙门搬救兵。我与同僚吴烈被御史选中，明天本当启程往广平去。却不料吴捕快妻子临产，他坚持留在家中守候。故此御史命我自行另选一人，明日同去，我便与御史举荐了蒲先生。"

不料蒲先生早早摆手："不去，不去！追拿犯人本当是衙门之事，我一介书生去有何用？"

"蒲先生有明察秋毫之能，更不提两年前在信阳立了奇功……"话音未落，蒲先生又摇头道："难得丈人带走四子照管，不能留我在淄博与香云二人享受难得的安宁么？"

"此行同去的御史曾听闻蒲先生三连魁的壮举，对蒲先生尊敬有加……"

"我这等小民怎能入御史大人法眼？只请放过！"

见蒲先生执拗，我只得使出撒手锏："御史听闻蒲先生正忙于搜集神鬼妖狐的怪谈作书，便与我讲广平有狐女的传说，更承诺蒲先生可在当地尽情探访。不知蒲先生……"

"什么?！"蒲先生登时惊呼起来。他沉吟片刻，忽然可怜巴巴地望着嫂嫂不说话。

嫂嫂不禁笑起来："相公只管安心去。仔细查访，也好一早归来与我共赏。"

蒲先生又垂头少顷，方才与我道："飞，我答应此行与你同去。只是留香云一人独守空房实在不妥。你且回衙门借匹马与我，我趁天色不晚先送香云回道口村。明早启程之前，我自当去衙门寻你，勿忧。"说着又转向嫂嫂："香云，道口村不比淄川，门户当日夜落锁。"

我点头应允，便独回衙门府骑了马，交给蒲先生，以送嫂嫂回家。我见天色不早，也回了衙门府，简单收拾了行李便早早睡下，只等明日启程。

第一章　尸变怪谈

"飞，何时出发？"第二天一大早，蒲先生便牵着马，来衙门前大声嚷了起来。如此早起，对他而言可谓"冬雷震震，夏雨雪，天地合"。我放下手中清茶，揉揉惺忪睡眼，嘟囔句："清早大闹衙门，成何体统。"于是，我胡塞两口馒头，便去请御史王索一同出门赶路。算上蒲先生，我们三人，一人骑上一匹快马，朝广平疾驰而去。

　　齐鲁大地正值仲夏时节，一路上我们身围绿树红花，头顶蓝天白云，再看路旁村庄升着袅袅炊烟，颇具诗情画意。我与御史王索算是点头之交，蒲先生与御史两人更是自来熟的性子，我们三人转眼间便打成一片，在马背上相互交谈起来。

　　提及蒲先生三连魁的轶事，御史王索啧啧称奇："蒲先生当年金榜题名时所著《蚤起》，我有幸一读。实在佩服！不想竟有人在考场之上以几近戏说之言讽刺世俗人只顾追求功名，这我实是头一遭见着！"

　　"幸有施闰章先生审读，不然这般的出格文章，怎会入那些迂腐考官的法眼？"蒲先生只是苦笑。

　　"有南施北宋之名的尚白，与蒲先生当是英雄相惜！"御史王索抱

第
一
章
　
尸
变
怪
谈

拳道。

我笑道："蒲先生才智绝伦，却害我儿时总被二老以蒲先生为榜样，钉在椅上苦读八股，实是度日如年，苦啊！"

蒲先生大笑道："飞，我儿时又怎不是与你相同？只是我将那《论语》《孟子》的书皮扯下，偷偷钉在《三国》《水浒》之上尽情畅读，方才躲过一劫！"

我和御史王索听了大笑，连连称妙。

欢笑少顷，御史王索问道："听严捕快讲，蒲先生素好神鬼奇谈，竟被学友戏称作'狐鬼居士'？"

蒲先生笑答："正是。我自幼酷爱神鬼奇谈。乡里的怪谈奇闻早被我尽数搜集一空。想我年轻时，常召集淄川孩童与他们共赏。"

我连声应和道："正是。玉帝王母、牛郎织女的传说尽是我儿时自蒲先生那里听来。当年我与县里众多顽童簇拥蒲先生讲述奇谈时，蒲先生每逢黄昏便要讲述一些夜叉、鬼怪害人的传说，直唬得不少玩伴落荒而逃。我也被他害得常常夜不能寐，生怕鬼怪加害。"我说着不禁连连苦笑。

"毫无考证之事，你等却也当真。"蒲先生笑道。

"那时各家本就供着黄、胡、长仙的牌位，难免如此。"我无奈答道。

"可容我打听蒲先生对神鬼怪谈喜好的渊源？"御史王索好奇道。

"是与生俱来，"蒲先生笑答，"飞，不如你代我说明？"

我点头道："是青痣。"

御史一愣，忙问："此话怎讲？"

"崇祯十三年四月十六日，夜，淄川蒲家庄，有商人蒲槃倚在椅上小睡。梦中，他恍然见一位瘦骨嶙峋、袒胸露怀的和尚，那和尚胸前贴着块铜钱般的膏药，蹒跚进了蒲槃妻子董氏的内卧。蒲槃猛然惊醒，疑惑间，忽听内卧传来哭声。他顾不上疲惫，连忙起身走进内室，探望待产的妻子。进了屋，便听见他三子降生的消息。蒲槃小心翼翼从产婆手中接过新生儿，伴着月光仔细打量，却窥见儿子胸前似污浊。他定睛一看，原来是枚青痣。再一察看，他不由一愣：这青痣的形状、大小，竟与他方才梦中所见，那病和尚胸前的膏药一模一样。"说着，蒲先生毫无顾忌地扯开衣领，只见他胸前生着一块铜钱似的青痣。

御史大为惊讶，他久久打量着蒲先生胸前的青痣，方才迟疑道："莫非……故事中的婴孩是蒲先生!"

蒲先生点点头，道："同乡间传我是病和尚转世，御史大人相信么?"

御史讶异非常："当真有这般神异的传闻! 有趣，有趣!"

蒲先生苦笑道："生于奇谈，醉于奇谈，也是我的宿命吗!"说着，蒲先生探身向御史问道："话已至此，听闻广平一地有狐女的奇谈，不知御史大人可有耳闻?"

御史点头道："正是。据传，这狐女早与某书生私订终身。但出于种种缘故，却未得成为眷属。书生娶了他人为妻，狐女惨然离去，下落不明。后来，书生家生了剧变，落得妻亡子散、家徒四壁的凄凉下场。正当书生徒呼奈何之时，狐女竟不计前嫌，抱回书生失散的儿子，作为他的第二任妻子回到他身旁，一手操持起全部家务，将家业打理得井井有条，一跃成为广平县的大户人家。书生日后也考取了功名，两人留下了才子配佳人的美谈。"

听罢御史王索的描述，我顿生感慨：忠心不改，对身无分文的旧爱不计前嫌伸出援手。不说狐女，即使是人，也实在难得。再依据王御史的字里行间，狐女更有闭月羞花的倾城美貌。不过说起沉鱼落雁、闭月羞花的容颜，虽见过书中许多夸张描写，但本人究竟长得什么模样？正所谓百闻不如一见，如果我也有幸一睹……

蒲先生却眯着眼，他微微颔首，机警道："御史大人，这狐女的传说，是多久前的事情？方才御史大人并未提及广平当地人为她立起祠堂祭拜，这不似早年流传下来的轶闻。"

"蒲先生果真颖慧！狐女嫁给鲽夫至今，不过四年光景。此事是我不久前受朝廷命令去广平查案，听当地人议论方才得知。先生若对狐女的传闻有兴致，大可在广平走访查证。只可惜我对此并没有多少工夫仔细探访，只是听衙门的捕快们提起几句，才大略知道内容。蒲先生则不必受制于官府，请尽情在广平打听。凭借狐女在广平当地的人望，不愁搜罗不到更多奇闻趣事来。"他又笑笑，继续评论道，"话说回来，这狐女对恋人不离不弃，又以一己之力重兴家业，真是人间楷模。"

"因此才有脍炙人口的狐仙传说，原来如此。"蒲先生笑道。

我和御史两人不由一惊，不约而同扭过头，愣愣地看着他。

"请二位高抬贵'眼'，被捕快大人和御史大人这样紧盯，我只怕被路边行人当作歹徒！"蒲先生笑道。

"先生这'原来如此'，指的是？"御史王索不禁发问。

"简单。二位试想，如有一书生一穷二白，却忽然娶进一位美若天仙的绝色美人。两人更在短短时间内发家致富。仅是凭借这两点，这女子便已经足够令人惊奇了吧？哪怕这书生的妻子只是凡人，但在亲眼见证神迹的同县人之间，也难免会有流言，传这女子一定不是寻常人，继而愈演愈烈，渐渐流传成狐女。这同县人一旦有了谣言，便不愁一传十，十传百，三人成虎。这类以讹传讹，将能人异士鬼神化的事情，凭借着我的经验，其可能性着实不小。"蒲先生轻松答道。

"有道理，"御史王索眯起眼，摸摸下巴，又道，"本只是平常人，却由于异常的精干、美貌和神秘感而被传作狐女……蒲先生所言甚是有理!"言罢，他又继续说道，"对于鬼神奇谈，先生尚且如此严谨多疑，佩服!"

蒲先生却谨慎答道："但此女尚且在世，却仍有这类传言流传不止，其间或许另有玄机。"

御史一惊，沉思半晌，方才开口道："听严飞捕快之言，蒲先生正忙于收集各色神鬼传言，以此编纂一部全书?"

"正是，"蒲先生郑重其事答道，"此书将广集古今奇闻。虽说先圣曾避而不谈'怪力乱神'之事，但我却认为，鬼神皆由人所变化，虽为鬼神，却亦有人性。既然先人曾以牲畜，诸如'羊有跪乳之恩，鸦有反哺之义'，以训诫后人遵循孝道；而如今，我借鬼神传说警示后人，却有何不可?"说着蒲先生又严正道："只是对待鬼神传闻，不可不慎，当仔细剔除荒谬谣传，以免贻笑大方。"

听蒲先生几句话，御史更加佩服，忙问："如此说来，蒲先生录入书中的轶闻怪谈，是如何得来?"

蒲先生连连叹气，惭愧说道："实不相瞒，其中不少仅是凭借道听途说而来。许多年代久远的传闻早已无从考证。留有祠堂的，诸如赵城义虎，尚有方法；只存在于口耳相传中的，诸如耳中异人，却丝毫无从印证。正因如此，我对近年流传，尚有生者在世的传闻，更当加倍珍惜，一定亲自走访查证。"

"愿广平狐女的传说，可为蒲先生书中添上熠熠生辉的一笔。"御史王索豪爽道，"特往当地探访坊间传闻，蒲先生这种求实精神，实在值得我借鉴！若蒲先生在广平访查得疲了，尽管返回衙门府内休息小酌。"

蒲先生拱手道谢："绝不乏味，甚至更有意外收获。飞，此言不虚？"蒲先生说着对我狡黠地眨眨眼。

我毫不迟疑道："蒲先生所说，是指信阳'尸变'？"

蒲先生点头笑道："果然记得。飞，那可是你我二人首次搭档探访怪谈？"

"当然。"我连声作答，又嬉笑道，"不然广平之行吴捕快的空缺，又怎会要蒲先生补足？"

蒲先生一听，大惊失色，懊恼道："飞！我就知道此番出行，果真不简单！"

我讪笑道："蒲先生的才智，我在信阳可是切身领教。若此行在广平遇到意料之外的困境，可还要靠蒲先生出手了！"说着我故作恭敬，对他连连拱手。

蒲先生眼看自己脱不了干系，顿时呜呼哀哉。御史见状忙道："蒲先生不必在意，只专心探寻狐女传说便可。"言罢，御史又忍不住好奇问道："方才严飞捕快所讲，在信阳发生'尸变'的怪谈，可否请二位与我道来，共同玩味？"

蒲先生笑道："御史大人可曾听过'尸变'？相传，不甘身死的魂灵，蛰伏在自己尸首上，操控尸首吸取他人魂魄，以图还阳返世。"

御史一听，登时惊愕不已。而我与蒲先生两人相视一笑，便将我两人在信阳的见闻，娓娓道与御史：

此事，是四名来往贩卖的生意人在信阳投宿时的遭遇。当时天色已晚，四位商人吃力拖着货车，窘急地寻找栖身之处，竟鬼使神差寻见了一家正兴白事的旅店。四位客人踏进旅店，与主人交谈时，得知店主的儿媳病亡不久，店家儿子正在外挑选入土的棺材。虽然旅店早已人满为患，但想到来往路上仅有此处一家，这四人便不再挑剔，坚持住进停尸间的隔壁屋内。旅途困顿令众人忘却恐惧，只顾放下行李，稍稍吃些伙食充饥，便匆匆上床，昏沉沉睡去。

睡下不到一个时辰，只听一阵恐怖诡异的嚓嚓轻响，房门便被鬼鬼祟祟的阴风轻轻打开：那具儿媳的尸体竟赫然立在房间的门口！随后，面色如金，头裹白绫的尸首直挺挺走进屋，依次对着几位客人脸上偷偷吹气。

这时，其中一位客人恰好尚未入眠，他听到响声惊醒，却正看见尸体对同伴的脸上吹气。他大惊失色，连忙扯过被子蒙了脸。那尸首并未发觉，只是隔着被子吹气。客人紧抓被子的手顿感冰冷刺骨。正在客人心惊胆战，不知尸体可曾察觉他略施小计的时候，尸体已走过他，对着下位客人脸上吹起气来。

待尸体对四位客人脸上吹气罢，便悄然离去。这侥幸醒来的客人，被方才的恐怖场景吓得魂不守舍，哪里还敢在这恐怖的凶宅待上片刻？他连连偷踢同伴，想要叫醒他们一同逃命，却不承想同伴都如死了一般，没了半点动静。

正当客人焦急万分之时，他隐隐约约又听到嚓嚓轻响，感到眼角一丝白色飘过。他顿时大汗淋漓，颤抖着悄悄扭头：只见那尸首竟不知何时又伫立在了门口！

客人被吓得面无血色，他屏住呼吸，紧贴在床板上，抓过被子又死死蒙住了脸。只见尸首再度依次走过每位客人的身旁，对着脸吹起气来。

这次，客人紧抓被子的手被尸体接连吹出的寒气冻得险些没了知觉。待尸首走过，他竖着耳朵，死命探听四周的动静。待没了声息，他轻声掀开被子，再顾不得没了动静的同伴，只管手忙脚乱地套上裤子：此时不走，更待何时？

　　正在这节骨眼上，嚓嚓的声响冷不防再次传来。客人惊得汗毛倒竖，他顾不上穿鞋，只是号叫着夺门而逃。但那儿媳的尸首竟如活人一般，大步流星，起身猛追，毫不逊于没命奔逃的客人！客人见尸首竟追在身后，更加骇然，只是拼命奔出旅店，在村里不停奔号，却并无一人助他脱困。

　　惊慌逃窜间，客人不时扭头看看身后紧追不舍的尸首，却见无论如何绕路转向，竟无法甩开这催命僵尸。客人又死命奔逃几里，却感体力渐渐不支，眼看要被尸首追上。绝望中，他急中生智，心想何不逃到道士、和尚的住所驱邪求救？正巧，客人在村头逃命间，隐隐听得木鱼响声。有救了！他咬紧牙关，循着声音方向狂奔而去。

　　追着木鱼声，客人气喘吁吁，见得一座宽敞寺院。他寻着救星，奋力冲到寺院门外，丧心病狂般一面哀号求救一面拍门。但寺院里的和尚尽数被这突如其来的砸门声，以及哭号求救声吓得瘫坐在地，动弹不得，哪敢开门查看。僧人一听竟有人遭僵尸追杀，更是吓得纷纷连滚带爬，躲去宝殿的佛像背后，战战兢兢地念着驱邪的经文祈祷。

　　见寺院大门纹丝不动，客人回头窥见尸身几乎近前。只得哭喊着，一个箭步蹿离门前，另寻他处。打算奔逃，身上却早没了力气，客人顿时陷入绝境。

　　绝望时，客人忽见寺外种着棵粗壮的白杨树。他急中生智，跑到树旁，借树隔开自己与尸体，尸体向左他向右，尸体向右他向左，他一边拖住尸体，一边不停大喊，等待僧人的救援。

隔着杨树来回几个回合，客人渐渐喊不动，连喘粗气。尸体也终显疲态，双手扶着膝盖直吐冷气。被眼看得手的猎物戏弄，尸体越发大怒，猛地一个箭步上前，张着双臂扑向客人。客人惊得登时抱头趴倒，只听砰的一声，尸体一把扑到了白杨树，便不动了。客人被吓得当场晕了。

寺院里的僧人们，听着院外不停传来的号叫声，不由心惊胆战，聚在佛像边久久不敢离去。直到声响消失好一阵，才有几个胆大的，敢悄悄拨开门闩，偷偷查看。只见一人倒在门前不远处的地上一动不动。僧人开门上前，俯身听见客人还有微微呼吸，便连忙把客人抱进寺院救治。

直到天渐渐发亮，客人才微微醒来，开口讲述了昨夜恐怖至极的经历。寺院的僧人将信将疑，却不得不喊上了几个身强力壮的，抄起了寺院里的家伙，才肯开门搜查。

出了门，绕着大门斜前方的杨树一转，僧人们赫然见得怀抱杨树，纹丝不动的煞白女尸。僧人们大惊失色，急忙差了几个脚力好的去报官。

刚刚睡醒的县令听得，吃惊不小，官服都顾不得换好，便匆匆赶来查看。待到县令跑到寺前一看，也被惊得几乎摔倒在地。尸体的手指竟将树干抠出八个窟窿，紧紧地抓在里边。县令战战兢兢，命人将尸体取下放在地上，然而周围众僧却尽数汗流浃背，哪敢上前？只怕尸体再动起来：这般怪力，一旦被扑中，岂不定将一命呜呼？

县令动员许久，却不见一人上前。不得已，他干脆壮起胆，自己走上前，用力掰尸体抠入树干的手指。见县令用了吃奶的力气，尸体却依旧抱树，纹丝不动。众人便连忙拥上前协力：几个大汉费了好大劲，折腾了大约半个时辰才把尸体从树上弄了下来。待到县令进了寺院，探望被惊得半死的客人，听得他的哭诉，更加骇然。

在这时，旅店早乱成一锅粥：三个客人不明不白地死在房里，剩下的客人和店家儿媳的尸体不翼而飞。守店老头如热锅上的蚂蚁，急得团团转。吵闹间，县令差来的衙役忽然进门，喊旅店的人往村头寺院认领尸体。店主老爷子半信半疑，赶到了寺院门前，赫然发现倒在地上、双手依旧向前紧绷、十指如钩的尸体。店主颤颤巍巍上前查看，证实了躺在地上的，正是儿媳的尸首。

最终，那幸存的客人在寺院里吃粥压了压惊。随后当地的县令便赠予客人一点盘缠，要他带着证明书信，以及几个伙伴的遗物回乡了。

王御史听得这番讲述，惊奇地睁大了眼睛："我从没想过，这世上竟有这般骇人的事情！二位当真亲眼所见？"

我和蒲先生不约而同地诡秘一笑，反问道："正是。但御史大人却不认为，这尸变之中有可疑之处吗？"

言语间，我的思绪飘然回到四年前，那令我将"蒲三哥"改称"蒲先生"的一天。

当时，还是少年捕快的我，接到淄博衙门的命令，恰巧行至信阳，为县令送信。

刚踏上公堂，我忽然听见再熟悉不过的声音。我暗暗吃惊，心想蒲三哥正巧前阵子自称为收集各地神鬼传说便出了远门，至今未归，却不承想竟在信阳偶遇。我顾不上送信，连忙快步上前一看究竟：只见蒲三哥满面通红，正对着一脸茫然的信阳县令指手画脚，说着什么。

"蒲三哥，你竟在信阳？真巧啊。"看果真是蒲三哥，我惊讶地问道。

但蒲三哥却丝毫没有恰逢之喜，他笔直走向我，不容分说急促道："飞，你不是捕快吗？快帮我说服这榆木脑袋！"话音刚落，他径直将我拽到信阳县令面前。然而我却瞥见信阳县令脸上写满了同情。

"蒲三哥，究竟发生何事？"不明就里的我只好发问。

"飞，这榆木脑袋！他竟将近在眼前的凶手放跑！简直不可理喻！"蒲三哥恨恨说道，"即刻追击，尚且为时不晚！"

信阳县令只是不住摇头。

眼看两人无法达成共识，我赶忙从中打着圆场："二位不必心急，先将来龙去脉讲个大概，我们再商量对策无妨。怎就有了杀人凶手？"

蒲三哥忽然转头，严肃地对我说道："飞，听了整出无稽闹剧，你可要讲出其中所以然啊！"随即他又扭过脸，对满脸无奈的县令说道："县令大人，请速速将尸变的经过讲与这位捕快，就让他随我一同追击真凶便好。现在每耽搁一刻，凶手便要在法外逍遥一时啊！"

听蒲三哥依旧语焉不详，我只得转向信阳县令问道："县令大人，敢问这究竟出了什么大案？"

县令苦笑："我实在不懂，怎么会有人对尸变纠结至此。闹鬼的事情，怎么会突然冒出了凶手？"

随后，信阳县令为我完完整整复述了我与蒲先生刚才对御史王索所讲述的内容。

听罢，我顿时毛骨悚然。想在月黑风高之夜，鬼鬼祟祟的僵尸对人脸上吹气杀人，甚至起身狂追幸存者，正所谓赶尽杀绝……这幸存者的亲身经历，竟比蒲三哥所讲的鬼神怪谈还要骇人许多。

但蒲三哥对我沉吟许久很是不满，摊手道："飞，竟然还没结论？

你可是被誉为淄博捕快的希望啊!"听了蒲三哥的催促,我顿时狼狈起来,答道:"蒲三哥,这在眼前发生的尸变,还不能进入你法眼?品质上佳的午夜奇谈,可一定要……"话音未落,我却见到蒲三哥脸上尽显挖苦的神色,便只得顺着他的意思,无奈道:"若蒲三哥坚持拿住逍遥法外的凶手,可即使是那害命的尸体,也不是被衙门扣押归案了?"

县令也指着一旁罩着白布的几具尸身,附和道:"先生,案中几具尸首,也包括儿媳的,全部收留在这里了,难道还有不妥之处?"

蒲三哥眼睁睁看着毫不开窍的我和县令两人,气不打一处来。他自暴自弃似的一甩手臂,大叫道:"苍天啊!"说着,他忽然郑重其事地盯住我,双手搭在我肩膀上,坚定地说道:"飞,肯相信我吗?我只需要借用两匹马和一名捕快。如今你愿意与我同去骑行缉凶么?"

听蒲三哥这么一说,我顿时直感到恍惚:仿佛他依旧是那个耐心讲着奇谈,无所不知、才华横溢的潇洒青年;至于我,依然是围坐在他身旁,忐忑而心急地等他揭晓谜底的小孩。于是,我对蒲三哥坚定地点点头,说道:"蒲三哥,我愿相信你!你只管领路,我们走!"

蒲三哥见此,欣喜若狂地拖我便往府外走,对信阳县令道:"县令大人,只当是这位捕快的两个请求,第一,请找位当地的名医,要他蹲在尸体旁。第二,立刻派人去寺院周边寻找两样东西:一根粗钉子,铁或木质的;一柄锤子,极可能被布裹着。请找好这两样物件,摆在公案上,要名医蹲在尸体旁假装验尸。等我两人骑马追击,带凶手回来,真相自然大白。"

县令仍旧不知所云,只是一头雾水,转而狐疑地对我使了个眼色相问。我心一横,便对县令回以坚定的目光,又用力点了点头。县令见状,连声招呼衙役备马。

蒲三哥用力搂我出了衙门，说道："飞，你可知这尸变绝非鬼神怪谈！"

虽不懂蒲三哥凭什么就下了这般定论，但我依然顺着他的意思问道："蒲三哥，我们两人去哪里找凶手？阴曹地府？"

蒲三哥咧嘴一笑："亏你还是捕快，竟没察觉如此明显的疑点？凶手往许昌回乡去了，现在追还来得及。"说着他接过衙役手中的缰绳，轻轻一跃，跨上了马背。

"飞，我们走！"话音未落，他早熟练地抄起了马鞭，打马飞奔而去。我暗暗一惊，急忙也从另一位衙役手中接过缰绳，跳上马，紧追蒲三哥。

我策马狂奔，好不容易追上蒲三哥的脚步，正打算向他问个究竟，蒲三哥却抢先喊道："飞，咱们沿这条路前进，将会见到一个身背行李，推着货车赶路的男人。你要策马挡在他身前，对他大喊：'狗贼，你谋财害命的伎俩已被本府拆穿，还不随我回去认罪！'记住，勿有半点迟疑！"说完，他继续打起马向前猛冲。

我一边催着马紧紧追上蒲三哥，一边暗想，没想到蒲三哥一介书生，竟有如此精湛的骑术！甚至在他娴熟地跨上马前，我还以为他是个书呆子，丝毫不通骑术哩。

沿途飞奔不出半个时辰，蒲三哥举鞭指指眼前：只见远处一位推着货车，吃力向前的矮胖男人。

"正是此人！飞，你有捕快的装束，追上，吼出我刚教你的话，当即刻震慑住他！"

我加紧打马，超过蒲三哥，又超过满头大汗的男子，便立刻劈手掉转马头，挡在路当中，扬鞭直指男子，声色俱厉喝道："无知小儿！你那谋财害命的雕虫小技早被本府拆穿，还不速速认罪，与我回府听候发落！"言罢，我凶狠地瞪着眼前呆若木鸡的男人。

果真像蒲先生所说，那男人双腿瑟瑟发抖，神色越发惊慌。他扑通一声跪倒在地，却大喊道："大人！小人冤枉啊！小人被那凶神恶煞的尸体追了一夜，几乎丧命，哪有谋财害命的企图！县令大人也替小人写了证明信，请大人过目！"他眼含泪水，颤颤巍巍伸手掏出了信件，递上前来。

不等我拆开翻阅，蒲三哥早已上前，悠哉讽刺道："演技当真不赖，想象力也足够丰富，没去唱戏、编剧，你实在可惜！"随即，他忽而转为怒容，斥道："但，奉劝你还是老实回信阳认罪再说！"

男子听见，顿时夹着哭腔，流泪喊道："大人！小人实在冤枉！小人被尸首死命追了一夜，哪里有半点机会害人！"

蒲三哥轻蔑一笑，斥道："见得几样物件后，你倘若还得维持此般哭哭啼啼的受害者神态，我倒甘愿拜服在你的演技之下！"

听男子紧咬不放的说辞，又看蒲三哥自信满满的神色，我心中不禁直打鼓。蒲三哥，这男人当真是杀人凶手么？但我一咬牙，心一横，放手一博也罢！无非再给他赔些银子，最差搭匹马给他骑回老家，这责任我也不是担当不起！蒲三哥，看你的了！

于是，我跳下马，一把押住可怜巴巴的男子，怒道："先与我回衙门府对质！"接着利落地拎起他跨上马背，打马飞奔回信阳。

刚进了县城，街道两旁的百姓见我、蒲先生两人押着上午才被尸体追杀的男子，纷纷捂着嘴小声议论起来。

忽然，我身后的男人大声哭喊道："乡亲们！我冤枉啊！大家都见得，这年头官府胡乱抓人顶罪啊！"我顿时大吃一惊，没想到这男人竟还会来这一手！这样一来，倘若认错了凶手，恐怕绝不好收场。

蒲三哥冷笑一声，跳下马，与四周的百姓抱拳喊道："乡亲们，随我来。我今天就让各位见识见识，何为人皮变色龙！"言罢，他胸有成竹地牵马开路，直往衙门府而去。一时间，众多县里的百姓纷纷好奇围拢上前，随着蒲三哥，押着那男子的我，流泪不止的男子，一起踏上衙门前的台阶。

正在我心怦怦直跳，盘算着一旦失手要如何收场的时候，只见信阳县令满面堆笑，早迎出门来。只见他毕恭毕敬，对蒲三哥连连躬身致敬："先生真乃神算！我实愧对信阳衙门的职位。若不是先生，我几乎误了大事！直至方才，我才明白先生的用意，惭愧！"蒲三哥在一旁笑着拱拱手，向县令答礼。随后，县令见到被我押着的男子，怒斥道："恶贼！本官几乎被你的奸计瞒过！"

那男人却依旧泪流满面，连连喊冤。

蒲三哥对县令一笑："不要紧，带他上公堂看看吧。"

步入公堂，只见一旁几位老郎中正对眼前几具尸体指手画脚，神情严肃地相互攀谈。而公案上，恰如蒲三哥所说，摆上了一根巨大的铁钉子，以及一柄被深蓝的布匹紧紧包裹的锤子。

忽然，我身前被押住的男人倒吸了一口凉气。他霎时没了力气，砰的一声跪倒在地，不停磕头求饶："小人该死！大人请放过小人！小人知罪了！"话音未落，地上便不断传来咚咚咚的磕头声。

蒲三哥见眼前情景，对身后围观的百姓拱拱手，忍不住大笑道："这人皮变色龙，可没有令各位失望吧？"

然而，目睹头破血流的男人磕头求饶，不少百姓心有不忍，依旧皱了眉，低声相互嘀咕起来。蒲先生见状，不慌不忙说道："诸位，要知道你们所同情的这人，正是昨夜为了抢夺财物，毒害三名同乡的凶手啊！"

此时，我暗暗在心中将县令口中的来龙去脉、抱在树上的尸体、紧紧抠入树洞的八根手指、蒲先生要求寻找的证物、听到响声停止才偷偷查看的僧人等一系列片段串连起来……电光火石间，我脑中灵感猛地闪过：原来如此！我明白了！原来尸变竟是这般把戏！我早该察觉到的！

"蒲三哥，不，蒲先生，我懂了！世上竟有如此夸张的骗术！"我对自一开始便洞察玄机，坚持缉拿凶手的蒲先生顿时充满敬意，不由自主便以"蒲先生"称呼起来。从此，我便改口相称，蒲三哥也变作蒲先生了。

"御史大人，难道你不感觉'尸变'之中，有极可疑之处？"蒲先生的问话，将我的思绪从四年前的事件中拉回了赶往广平的马背上。

但御史王索，却依然瞪大双眼一言不发，他似乎还沉浸在"尸变"的恐怖气氛中没回过神。蒲先生见状，便开口说道："第一，客人在逃跑时边逃边叫，为何县里却没有一人前来帮助？"

御史如梦方醒，他沉吟一番，答道："莫非没人醒来？不，这不可能。那么……是因被叫喊惊醒的人由于恐惧，没有人胆敢施以援手吧！"

蒲先生笑着摇摇头，答道："对寻常百姓人家来说，的确如此。至于衙门府守夜巡逻的卫兵来说，如此解释恐怕不妥吧？"

御史抚着下巴，轻轻点头："的确不妥。那莫非是客人在奔跑中拼尽了全力，想叫喊却发不出声音？只是他误认为自己呼喊？"

蒲先生微微一笑："第一处让我们点到为止。至于第二处，为何这样凑巧，只有这位客人适时醒来幸免于难，而其他人却尽数在睡梦中惨遭毒手?"

"凑巧……吗?"御史面露疑惑的神情,呢喃道。

"让我再为御史大人澄清几点事实吧!"蒲先生狡黠地眨眨眼,说道,"第一,这四人是漂泊在外的商人,赚了钱,正推着货车准备衣锦还乡;第二,幸存的客人,最后独自一人带走了所有的盘缠和证明信回乡;第三,寺院的僧人明确说道,在事发的当晚,众僧只是听得哀号呼救,以及砸门的响声。智斗尸体,是客人醒来后自己的交代。不,不只是智斗尸体,严格来讲,整件事情都是……"蒲先生稍稍停顿,深吸口气,启发似的看向御史王索,说道:"御史大人,现在,可隐约察觉尸变中的异常?"

"动机、结果、手法。"御史嘀咕着,忽然拍脑袋大喊道,"莫非是……"说着他吞了下口水,嚷道:"谋杀?"

蒲先生拍手笑道:"正是!那'死里逃生'的客人,当天被我和飞两人抓回信阳,没费什么工夫便乖乖认罪,之后被判发配充军了。"

"这小厮倒真是胆大妄为!如此胆大包天的诡计,倒真是大手笔。"御史瞪大眼睛,又继而道,"是他为谋财害命,自己杀害几个同伴,之后又偷偷背着尸体逃出去的?随后他潜伏在寺外,将尸体抱树,假装被尸首追杀号叫,又故意晕倒在地。尸变,是他自导自演的把戏?是他设下的障眼法?"

"丝毫不差,不愧是御史大人。他带了锤子、钉子偷偷在树上凿孔,让尸体的手指尽数插进,甚至还用布裹锤子,好在凿击时发不出响声,以免引来怀疑。完成后,他将尸体的手指插在凿出的洞内,帮助尸体立在树边自然僵直。随后把钉子和锤子分别丢弃在了周围,接着便发了疯似的去砸寺院的门,开始演戏,让寺院内的僧人对他遭尸首追杀信以为真。我请求信阳县令寻着此两件证物，又喊来郎中调查他三名同伴之死因，以此迫使他认罪。"蒲先生解释道。

"但如此关键的证物，怎会被他随意丢弃？"御史歪头问道。

"客人摆正尸体之后，便要向僧人演出被尸体追击，直至晕倒被僧人发现的把戏，还要被僧人搬进寺院救治查看。在此期间，他身上无法隐藏任何证物。若是特地折返旅店处理，而留下尸首在原地，更恐怕节外生枝。这样冒险的计划，对于行事谨慎之凶手而言，实在是下下之选。加上客人本对自己精心设计的尸变胸有成竹，不相信当真有人依据散落两地的一根钉子、一柄锤子顺藤摸瓜，寻出事件真相，因此，就地丢弃钉、锤，当是对他而言最合情合理的选择。"蒲先生悠然答道。

御史连连点头，叹道："若不是蒲先生提醒，我早被那诡异尸变吸引了，又怎会多想那在旅店死去的三名同伴，以及寺院的僧人仅仅听到声音！"说完，王御史又问道："如此一来，三名同伴，又是遭凶手怎样杀害的？毒杀？"

蒲先生点头道："正是。这厮趁着睡前用餐时候，给三名同伴下了种极难察觉的毒。实不相瞒，这四人本是卖草药营生，故此凶手对毒药十分熟悉。这三名同伴席间中毒，回房后很快就不声不响地死了，尸体乍看也没有可疑之处。当真像是凶手所编造，是被尸变的僵尸吹气所杀。亏得县令寻着附近最擅长用药、识别毒物的几位名医仔细鉴定几具尸体，才发觉下毒的痕迹。不然，若是交给大字不识、敷衍了事的仵作，只怕要当真鉴定成了遭僵尸吹气所杀罢！"

蒲先生言罢，早已满脸感慨，又继续说道："真是天意如此，那时我正为收集鬼神怪谈四处旅行，收集素材，只是碰巧行经信阳。当天下午，我抵达信阳的住店，才听起小二说起尸变的奇谈。我当即警觉到，整起事件的细节，自四人躺下，直至幸存客人被僧人救起，竟仅是凭借幸存的客人一家之言。况且想来即使是寺院的僧人，也仅仅听得呼喊，哪里见过尸体追逐客人的场景！最关键的，这伙商客恰恰是衣锦还乡，正好具备谋财害命的动机！至此，我连忙动身，去检查寺院外那棵杨树上被尸体用手指抠出的孔：却见到这些孔的大小、形状基本一致，越往深处越呈现锥形，正似人工凿出的迹象！随即我飞奔去衙门，找到将这家伙放跑的县令，不承想县令竟不信我的推论，不愿借人手与我抓捕凶手归案。之后幸亏飞竟然也恰巧到信阳办事，我们两人才一同将这家伙捉拿归案。"

见到在马背上愣得像一尊雕塑的御史王索，蒲先生又笑道："有时将谎撒得太大了，说得太恐怖了，添上无可考证之神鬼怪谈，再配合坊间谣言，反而唬得别人不敢不信。诸如，北宋年间某郡强盗众多，歹人伙同官府相互勾结包庇。在抢劫了沿途的商人后，强盗头子拿刀威胁商人，若提起被强盗抢了，定会宰了他们灭口。商人十分害怕，为了活命只得点头称是。抵达郡里，由于财物被抢，他们只得盘算，如何与交易人寻个圆满的借口。若说在路上遗失？恐怕大不可信。说被强盗抢去？恐怕官府只会包庇强盗，不予受理。直接报官若何？但当地郡府早与强盗勾结：不要说解决强盗，甚至会遭官府杀人灭口，可谓泥菩萨过江自身难保。倘若硬着头皮与交易人扯谎？恐怕交易人定会闹上衙门，若为此惹上官司，衙门为了包庇强盗，定会顺水推舟，栽赃给商人们，指责商人们私吞了财物，惹来更大刑罚。

"可终究又得与人解释货物散失的原因，还不能惹上官司，这如何是好？

"于是，有个年轻的聪明商人灵机一动，与众多商人串通了说辞：

'此是玉皇大帝派人收税，要进贡的结果。'

　　"于是，商人们绘声绘色，与当地等待交易的同伴，讲述了他们是如何走在路上，渐渐朦朦胧胧，如梦似幻间飞上了天宫；又是如何在金碧辉煌的仙山楼阁之中，享用了玉帝招待的山珍海味，更与天上的绝色美人的相逐嬉戏；最后，太白金星出面称谢，感谢商人们的赠礼。商人们正不明就里，却在虚无缥缈间纷纷回到了路上。查看时，却忽然发现一批货物不翼而飞。至此，他们才明白过来，这当是天庭缺些绫罗绸缎，黄金白银，故此拿了他们的货物。然而天庭又不便不明不白拿了人间的贡品，便招这些商人进天宫，给予美酒美食作为补偿。这些商人干脆假戏真做，在一块金条上刻下'玉帝亲临，以此为证'的文字，更大言不惭道出'若谁胆敢追查货物去向，自然是对天庭的大不敬，定会遭到天谴'。

　　"当地待着收货的人们起初并不相信，然而渐渐听得所有途经此处的商人均被收了贡品，也便三人成虎，渐渐信以为真。更听天庭要对违逆之人降下惩罚，哪敢再追究？

　　"久而久之，向天庭进贡的传说便在当地广为流传。遭了强盗打劫的商人们彼此心照不宣，一次次重复着这个故事。有些懂门道的生意人，虽然知道这是受迫于郡府的淫威，却也只恨天高皇帝远，只能忍气吞声。官府则巴不得有这样的借口来蒙混过关，更暗中推波助澜，助长谣传。于是这向天庭进贡的传说，越传越真实。当地的男女老少各色人等，尽数信誓旦旦地与人说起：'贡天庭，是本地确实发生的奇事！'"蒲先生笑道。

　　御史听得如痴如醉，忙问道："敢问蒲先生，这传言后来又是怎样被揭穿而流传后世的？"

蒲先生坦然道："为非作歹，终有大白天下之时。这些恶贯满盈、无法无天的强盗哪曾料到，一次偶然间，竟抢到了刚刚参加武举考试，枪挑小梁王、大闹考场，正走在回乡路上的岳飞一行。他们抢得了手无寸铁的商旅，却怎抢得岳飞这伙武艺高强的好汉？带头的强盗手持钢鞭、张牙舞爪，拍马上前耀武扬威，便被为首的岳飞手起一枪挑下马，摔在地上死了。四个小头目见老大身死，勃然大怒，纷纷打马而出，意图一拥而上围杀岳飞。这时，岳飞身后连续闪出的汤怀、张显、王贵、牛皋四名好汉，一人接住一个小头目，不出三回合，便将这些小头目纷纷击杀。剩下的小喽啰们见势不好，便一哄而散。且说岳飞这一伙好汉冲杀一阵，回头检查强盗头目的尸体，发现竟然是当地长官的小儿子！

"于是岳飞忙将此事禀报宗泽，宗泽继而启奏皇帝。皇帝得知，龙颜大怒，立刻将当地的长官下狱。不久，查得这长官家中早有数万两的黄金，以及五光十色的奇珍异宝、绫罗绸缎，这些都是抢劫沿途的商人所得。皇帝听说，愈发大怒，即刻判了这狗官满门抄斩。当地长官，枭首示众于市，路旁百姓纷纷拍手称快。至于这些珍宝，也尽得物归原主。直到这时，那些原本不通其中门路的百姓才恍然大悟：进贡天庭的奇谈，是被劫去财物的商人，为巧妙敷衍的缘故才传出的托词，却更是对冤情无处诉说的无奈！"故事结尾，蒲先生语气意味深长起来。

御史在一旁，惊得目瞪口呆，连连对蒲先生拱手，说道："我王某人才疏学浅，竟直到今日，方才得知此事。这传说正印证了蒲先生所说，三人成虎之理！没想到武穆王竟然有这样传说流传后世，我居然从未听闻，真是惭愧！先朝有冤不能伸，只得借'进贡天庭'来敷衍众人的背后，又何尝不是对官吏腐败暴虐的批判和讽刺！他们所贡的，分明不是天庭，而是这些与恶人勾结的贪官酷吏！"

第一章 尸变怪谈

029

"不敢当。"蒲先生轻声打断御史越发慷慨激昂的演说，嬉笑道，"这也是我蒲松龄头次听说进贡天庭之轶闻啊。"说完，蒲先生眯着眼，笑着瞄我和御史二人。见我两人呆若木鸡状，蒲先生再忍不住，哈哈大笑，道："刚才'进贡天庭'的轶事，是我随口胡编的，两位莫要当真。只是想说明其中的道理而已。"

　　御史听了，也豁达地大笑起来，连连与蒲先生抱拳，爽朗地说道："蒲先生果然才高八斗！此行有先生赏光，想必在广平当地的同行们，特别是那位名捕，一定会迫不及待与先生相谈！"

　　随即，我三人继续高谈阔论，彼此讲述着各地的见闻。御史王索听蒲先生滔滔不绝地讲起件件奇闻，更像当年的我一样，不停地催蒲先生再讲。哪怕我们依旧无法得知，蒲先生口中的轶闻究竟是现编的故事，还是真有其事。

　　伴随着蒲先生口中天马行空的奇闻轶事，马背上的时间，在谈笑风生间过得飞快。

第二章　不可能的行刺

不两日，我们便踏进了传说中的狐女之乡广平。广平地处河北，近邻邯郸。放眼望去，四周尽是直通天际的葱绿田野，而薄雾后的缥缈青丘则羞涩作陪。看着罗列整齐的各家良田，听着隐约传来孩童嬉戏打闹的欢声笑语。我们情不自禁地放慢脚步，享受这仿佛画卷中的美景。蒲先生随口吟诵："山外青山楼外楼，西湖歌舞几时休。暖风熏得游人醉，直把杭州作汴州。"想到向来尊崇正统的蒲先生，并不甘于委身北蛮鞑靼，只是这种话题乃当今大忌，怎可轻易与外人说起？正打算劝诫他两句，一旁的御史王索早已豪气冲天开口道："壮志饥餐胡虏肉，笑谈渴饮匈奴血！"听了表述更为直接、言辞更为激烈的御史，蒲先生哈哈大笑，随手一指路边的酒家，扬鞭而去。

　　要务在身，我和御史简单吃些酱肉米饭，便连忙出门上马，加快赶往广平衙门府的步伐。蒲先生见我和御史有些心急，便拍马赶上，问道："飞，御史大人，二位本次前来，所要调查的是怎样的紧急事件？以至于此等美景都顾不得玩赏了。"说着，蒲先生恋恋不舍地看着四周，咂了咂嘴。

我对御史使了个眼色，只见御史笑笑，说道："蒲先生博学多闻，颖慧过人，早在信阳便曾破过疑案，此行我们二人的使命，告诉先生无妨。"

我点点头，对蒲先生说道："广平县令，两月前忽然病故。任上亡故，本是件稀松平常的事情，朝廷当发份讣告，慰劳一番亡者的亲属，再调遣新任的县令以息事宁人，哪里值得派遣御史至此调查？"

蒲先生目光一闪，问道："便是说，朝廷怀疑广平县令之死，别有蹊跷？"

"正是，"御史王索接过了话，"据广平衙门府的人提起，广平县令时常在梦中惊醒，哭喊：'有刺客！'然而，衙门府内的护卫在府内四下搜寻却全然不见踪迹。"

蒲先生听得一挑眉毛："时常？"

御史点点头，说道："没错。这点的确奇特非常。根据卷宗所记述的内容，这四年来县令时常感到有人行刺，故此经常在梦中惊醒。"

蒲先生皱了皱眉："奇怪。既然县令多次遇刺，却在两月前病故，便是说这四年来的行刺无一例外地以失败告终？难道县令每次遇刺后毫发无损，却只是不见刺客？"

御史答道："正如蒲先生所说。遇刺之事，县令虽未受肉体的损伤，但精神却遭了巨大的折磨，前些年因忧成疾，一病不起，直到两月前亡故。此行朝廷差我前来广平，正是为调查广平县令遇刺之事。然而我整理历年的卷宗半月有余，却并没有多少头绪。正当我愁眉苦脸，百思不得其解之际，有别处前来办事的衙役，向我推荐了淄博衙门府的捕快。想来淄博素有百姓安居乐业的口碑，衙门府定有不凡之人坐镇。故此才请严飞捕快特来协助。"

听到此，我连忙说道："御史大人原准备请出两位捕快，但我在衙门府内的搭档，却因妻子临产坚持要留在淄博相伴。所以才请来了蒲先生。"

蒲先生听得，笑道："失望！飞，我竟然只是你在衙门府搭档的候补！"

想御史王索耿直近人，我并无顾虑答道："蒲先生，话不能这样讲。御史大人前来，想必是以衙门府内的人为优先考量。倘若弃衙门府内的搭档于不顾，擅自请来蒲先生，即使御史大人同意，也恐怕难称名正言顺吧？正所谓名不正则言不顺，言不顺则事不成……"

蒲先生笑着摆摆手，打断道："飞，不必多言。道理我当然了解。只是再与你调笑下去，恐怕御史大人要有所见怪了。"

御史王索听得大笑，爽直地拱拱手。

谈笑间，广平的衙门已出现在眼前。御史扬鞭一指，我们三人便纷纷跳下马，牵着马从旁门步入。在门口迎接的府内仆人见得，毕恭毕敬地迎上前，作了揖，牵去了马。御史一抱拳，道声有劳，便引着我和蒲先生取道，向衙门府的正门而去。

踏入广平衙门府的公堂，我好奇地环视四周的装潢，却发现与淄博并无二致。接着我留意到在公案旁检视文案的捕快。

见到那身影的瞬间，我心中猛地一颤，顿时怀疑起自己的眼睛来：刚毅的眼神，浓重的蚕眉，挺拔的鼻梁和微厚的嘴唇，配上干干净净、方方正正的面庞。

"槐兄？"我忍不住脱口叫了出来。

魏槐，本是我最为熟络的发小。想来惭愧，我甚至记不得自己是在何时，又是如何与槐兄相识的，印象中，我似乎自出世以来便与他相熟络一般。

想来，那时蒲先生还为了考取功名，闷在家中忙碌苦读，与我并不相识。而我则每天跟在比我稍稍年长的槐兄身后形影不离，仿佛我的亲哥哥一般。槐兄对我，也如亲弟弟般体贴。那时，我、槐兄和其他的玩伴时常结伴出行，在淄博周边郊游玩耍。最为年幼的我总是苦苦跟在队伍的末尾，而槐兄每每放缓脚步，跟在我的身后，以免我和其他人走散。每当我精疲力竭、寸步难行、吵闹不止时，槐兄都毫不犹豫地拉起我，背在自己背上踏步前行，直到我心满意足为止。

儿时，习惯被照顾的我竟丝毫不觉。直到我当上衙役，一次协助一家人背起一名病人往郎中的医馆狂奔时，才切身体会到槐兄的不易。只是，等意识到自己当年的任性无知时，我却早没了机会与槐兄道谢了。大约是十年前的光景，槐兄忽然不辞而别，从淄博一夜间消失了。那天，我站在槐兄家门前，听屋内不断传来焦急的喊叫。我没有多想，只是呼喊了两句槐兄。然而从屋内冲出的，却是位心急如焚的妇女。她抚着我的头，问我可曾见到槐兄。见我摇摇头，那妇女没再多说，连忙往街上跑走了。顿时，我意识到此生可能再也见不到槐兄，泪水不禁潸然而下，无声地滴落在土地上。自那时起，我整个人变得郁郁寡欢，整天闷在家，对着墙壁发呆，不肯读书，也不愿出门走动。父母见我萎靡不振的样子十分焦急，却无计可施。直到他们两人听同乡人说起，淄博的神童兼孩子王蒲松龄，喜好讲些有趣的传说，乡里的顽童们对他推崇备至。于是，二老抱着一试的心态把我送了过去……

捕快的目光从卷宗上移开，飞快地打量了我，也是一愣："飞？……严飞？"

我又惊又喜，感到眼眶有些湿润，便急忙奔上前去，抓住了他的双臂。见他眼中同样闪耀着久别重逢的惊喜，我一时竟找不到合适的言辞，只是有些笨拙地问道："槐兄，久别无恙？"

槐兄连连点头，激动道："果然是飞，你果真长大了！"槐兄说着，眼里满是兄长见到长大成人的弟弟一般的欣慰与喜悦。

我二人相视许久，槐兄才开口问道："飞兄十年来始终还在淄博？"

我点点头，问道："槐兄这十年间，也始终身在广平？"

"正是。飞兄可曾娶亲成家？"

"并未，槐兄如何？"

"抱歉，暂且容我打断两位的久别重逢之喜。"御史王索打断了我和槐兄。他面色微带歉意道："二位既难得重逢，先容我为二位道贺。然而我们依然有朝廷要务在身，不妨让我为各位简单介绍情况，明确彼此的任务，二位再慢慢叙旧如何？"

"惭愧。"我和槐兄异口同声地致歉。

御史会心一笑："二位不愧是广平和淄博两地的王牌。闲话少说，我们四人在此接受的使命，是调查广平县令李如松'病亡'的背后，是否有人为的阴谋。要在一个月之内给朝廷答复。在新县令的人选到达之前，广平县令一职由我暂时代理。诸位若有文案或文书的需要之类，请尽管开口。另还需说明，由于广平一带治安良好，衙门府的衙役并不多，其余几位捕快，尚有日常管理要务在身。因此，本次调查，将通过我们四人协力完成。"

言罢，御史再次对我、蒲先生和槐兄恭敬地抱拳道："鄙人王索，愿与诸位精诚协作，共解难题，更希望在日后与各位能人志士保持通信。由于我时常调离北京，四处协助查案，熟识的同行都笑称我王御使，那么各位更不必与我客气，如此称呼便好。"说完，王御使对我们三人轮番致意。

我心中暗暗惊叹：王御使虽官至御史，却平易近人，虚心好学。此行有如此一位上司坐镇，实在幸运。随即，我也一抱拳，说道："在下严飞，自山东淄博抽调而来，协助查案。王御使，蒲先生，槐兄，有劳照顾。"

一旁的槐兄也拱拱手，道："在下魏槐，是广平衙门的捕快。各位都是远道而来的客人，先容我对诸位表示欢迎。若有需要之处，也请时刻开口，在下一定倾力相助。"

蒲先生笑笑，也大方地一抱拳："在下蒲松龄，是喜好神鬼奇谈的书生，别号狐鬼居士。现今正致力于收集各地的怪谈传闻作书。广平之行，本打算收录狐女的传说。然而诸位若有需要，也请给在下献丑相助的机会。"

话音刚落，槐兄连忙恭敬道："莫非是当年连取县、府、道三项桂冠的蒲松龄先生？久仰大名！在淄博亲戚家寄居的时日，时常听公婆提起蒲先生的故事，来激励我发愤图强。久仰！"

蒲先生听得，顿时苦笑起来，连连拱手说道："没想到竟然还有因我受劳的学子，惭愧！我先前曾听飞提起，儿时总被父母提着我的名号赶鸭子上架，鼓励他苦读考取功名。不想今日魏槐兄竟也因我受累。恐怕在下辈眼中，我已成了诸位受苦的罪魁祸首吧！"

槐兄忙道："蒲先生何来惭愧？可怜天下父母心，各自为激励自家儿女寒窗苦读，只是借用蒲先生的名号而已。"

我附和道："槐兄说的是。即便不是蒲先生，父母也自然会套用其他状元的名号催着苦读，这与蒲先生无关。"

蒲先生笑道："二位却不愧是曾为考取功名博览群书的学子，果然通情达理!"

言罢，我们三人面面相觑，不约而同苦笑起来。

王御使见我们三人相谈甚欢，笑道："看来各位都打算叙叙旧，也好！眼下既然还有一个月的期限，那么正式工作明日再开始不迟。今天干脆由我和魏名捕，好好为蒲先生和严飞兄接风！"言罢，王御使喊来府内仆人，交给他几两银子，细心吩咐了几句。那仆人连连点头，跑出了门。槐兄则去仓库，取来了收藏多年的佳酿，随后招呼我们，往客厅围桌落座。

槐兄正为我们斟酒间，那仆人也恰巧拎着从当地酒家买回的佳肴进了门。我们四人接过酒食，称了谢，又各自赏了他几枚铜钱。那仆人便高高兴兴领了赏钱，布置好了一桌酒席，退出门去。

边品酒尝菜，边听蒲先生讲述各地奇闻趣事，在座的我们四人格外兴奋。席间，王御使面颊微红，连连称赞起槐兄在广平的威名。更断言广平的良好治安，正是托了槐兄的英明神武，断绝了恶人为非作歹的念想。槐兄忙称不敢当，连连陪酒称谦。忽然，王御使一拍手，兴致勃勃地邀蒲先生和我二人，为槐兄讲一次信阳"尸变"的故事。我和蒲先生满口答应，便将半路上为王御使所述的内容原原本本地讲给了槐兄。

槐兄听罢拱拱手，说道："不愧是蒲先生和飞兄，细节竟记得如此清晰！'尸变'，的确是很值得玩味的恐怖故事。"话毕，槐兄又喝了口酒，随即他端正了坐姿，神情严肃起来，问道："然而我有几处疑惑，想冒昧同蒲先生和飞兄确认：其一，客人被尸首追逐的过程，可曾有其他人，特别是守夜的更夫或是衙门的卫兵见过？或是说，这一切仅仅出自于此人自己的描述？其二，此人与被杀害的三位同伴，听蒲先生的意思，大约是挣了钱准备还乡的生意人，不知他们之间有无嫌隙？最后，请容我失礼相问，其余的三具尸体，信阳衙门府可曾仔细检查？不只是仵作，可有经验丰富的郎中仔细查过下毒的痕迹？恕我直言，此事虽不失为一件引人入胜的鬼怪奇谈，但恐怕其中内容并不单纯。"

王御使听槐兄说完，顿时兴奋得连声叫好。他端着酒杯，与我和蒲先生二人眉飞色舞地说道："我可没夸大其词吧？广平的名捕魏槐，能否入二位法眼？"

蒲先生也大笑起来，举杯连连称赞，又向槐兄致意道："广平名捕，当真名不虚传！容我向魏槐兄致敬！"

想来槐兄在短短时间内，便识破了那歹人假托尸变，毒害同行人的戏法，我对原先的兄长更生敬佩，也连忙起身，举杯致意。

见我们不但毫不在意他的提问，还不停地向他举杯致意，槐兄一时间摸不着头脑，疑惑问道："各位这是……"

王御使大叫道："魏名捕，不用心急！蒲先生和严飞兄在信阳的出色表现，还没来得及同你提及呢！"说完，满脸通红的王御使，又催着我和蒲先生为槐兄讲述侦破的段落。

槐兄听了我和蒲先生二人在信阳缉凶归案的经历，心满意足道："多有劳二位。为谋取财物，残忍杀害同乡伙伴之人，可谓恶劣至极，决不能姑息！将这些歹人绳之以法，是天下捕快义不容辞的责任。"槐兄说着，举杯向蒲先生回敬，道："蒲先生明察秋毫，如果也做了捕快，想必可以名满天下！"

又喝了一圈酒，槐兄也有些醉了，他忽然带着酒气说道："但蒲先生，飞兄，'尸变'这事，你二位可曾考虑过另一个关键疑点。"言罢，槐兄一个劲甩头，努力保持清醒。

我听了这句话，顿时大惊不已，高举的酒杯都愣在了半空。莫非，其后的事情竟也被槐兄察觉到了？他这是如何想到的？

"既然尸体在清早被发现的时候依然僵直，那么从时间判断，这几人在当晚，果真是在店家儿媳刚死不久才住进的旅店。这未免太过巧合，其中会不会另有玄机？"言毕，槐兄不经意打了个饱嗝。

见酒醉的槐兄道破这关键之处，我心中更加惊讶。借着微微渗透大脑的酒精，我在恍惚之间，再次回到了四年前的信阳。

"哼，这小厮投毒杀害三个同乡，又借用店家儿媳的尸首瞒天过海，甚至骗了县令的证明信，带着被害同伴的盘缠准备回乡，实在是罪大恶极！"蒲先生指着磕头磕得血流满面的凶手，毫不留情地说道。

县令也怒斥凶手道："先生说得太对了，你仅仅是为谋取财物，居然如此残忍地杀害了同乡好友的性命！这岂不是罪大当诛？"

县令话音刚落，一旁围观的百姓更加哗然，纷纷愤怒地手指着凶手大骂。一时间衙门府的公堂吵得如同闹市。

但蒲先生却挥了挥手，制止了百姓声势浩大的讨伐。

他从容走到凶手的跟前。见那凶手停止了磕头，只是满脸泪水，看着蒲先生一言不发。

蒲先生蹲下身，对凶手说道："没有指认同党，倒算是你的义气。"说罢，蒲先生重新起身，看着伏在地上浑身颤抖的凶手。

"老……老爷……莫非是天神下凡？为何连这样的事情……"凶手浑身发抖，结结巴巴说道。

"你真的打算包庇这为谋财分赃，毒杀自己妻子的禽兽吗?!"蒲先生突然声色俱厉大喝道。

霎时间，衙门鸦雀无声，仅仅剩下屋外知了聒噪的鸣叫。县令、捕快、郎中、围观的百姓，统统张大了嘴，怔怔地看着蒲先生。

蒲先生冷冷地对站在尸首旁的郎中说道："郎中，劳烦检查女人异变的尸首。且看是否与那三人为同种毒药所害。"

几名郎中顿时回过神来，连连对蒲先生拱手称是，接着手忙脚乱地蹿到另一侧起了尸变的尸首旁。但几名郎中只是盯着罩白布的尸首，战战兢兢不敢俯身检查，求助似的望向信阳县令。

县令对几位郎中坚定地点头示意，这些郎中方才蹲下身，心惊胆战地揭开了白布，检查起尸首来。

"神……神探先生，这女人……竟然真是遭到同种毒药毒杀的……"不一时，打头的郎中起身答道。

"咦?!"在场的所有人，都忍不住发出一声惊呼。随之，大家又闭了嘴，呆呆望着蒲先生，等着他的解释。

"趁着几位郎中和衙门的仵作在场，请容我班门弄斧一番。通常而言，尸体在死后一到两个时辰开始僵化，直到四个时辰完全僵直。而尸体僵直，要经过一到两天的工夫才开始缓解。至于完全解除，大约要过个五天左右。"蒲先生说着，几位郎中看着他不停点头。

"既然郎中认同，那么诸位继续请看：凶手要在店家的儿媳死亡后两到三个时辰之内，趁着尸首开始僵化，却未完全僵化的时间段内，将尸首搬运到树旁环抱着杨树，再借用钉、锤凿孔，让尸首的手指抠进洞内。如此这般，等到清晨尸首完全僵化，便会以诸位所见的模样出现。

"假设凶手在深夜搬动尸体的时候是子时末，那么女人中毒死亡的时间就大概是戌时。我曾问过店里的掌柜，他清楚记得，儿媳在戌时忽然摔下楼梯身亡，几位客人则是在亥时入住的酒店。如此看来，凶手执行尸变的障眼法，需要极大运气：他需要在亥时和几位同乡，走进一个戌时有人刚死，却还没有下葬的住所。不但如此，他还要在短短时间内在饭菜里下毒，令几位同伴毒发身亡。如何，诸位？这计划看起来非常荒谬吧？"蒲先生说着，扫视着一脸疑惑的众多百姓。

信阳县令听了，则皱起眉头，低头沉吟起来。

蒲先生信心满满地一笑，随即说道："但凶手却丝毫不必担心：因为某人会在戌时前对店家的儿媳下毒，趁她昏沉间推下楼梯，保证她死在戌时；某人还会帮助凶手，不留痕迹地在他的同伴饭菜里下毒，却不会引来丝毫的怀疑。"

蒲先生说着，脖颈上的青筋猛地暴起，断喝道："因为酒店掌柜的儿子，就是凶手的同谋！"说着，蒲先生愤怒地瞪着凶手。

凶手只是跪在原地不停打战，不敢说一句话。

"凶手与店家儿子两人约定，在昨天的戌时，店家儿子将下毒杀害自己的妻子，之后他假装悲伤，出门购置棺材打探情况。同时，几位客人在路上被凶手故意耽搁，直到了亥时才匆匆进了酒店。店家的儿子也在亥时匆匆赶回，在饭菜里下了毒。随后，尸变的障眼法便如这两人的计划进行了！不然人满为患的酒店，怎会没有一人听到尸变的动静？凶手又怎会轻而易举逃出酒店往寺庙去？"蒲先生指着凶手，怒斥道。

这时，人群后边一个尖嘴猴腮的瘦小年轻人被推到前边，狠狠摔在地上。人群纷纷愤怒地指着他叫骂着。那年轻人跪在地上，只顾磕头哭喊道："老爷饶命！小民知罪了！"

蒲先生没有理会，自顾自说道："掌柜与我说起，这几人经常路过酒店住宿。想必你们两人早就认识，想谋财，所以策划了这件骇人凶案。正巧你是倒卖药材的，对尸体现象以及毒药的知识手到擒来。所以你将手头的毒药分给酒家儿子一些，让他不露声色地毒杀妻子！"说着，他看向并排跪地的酒家儿子和凶手："我现在想听听，你们两人有没有除了谋财之外的其他动机？"

蒲先生话音刚落，酒店的掌柜已经挤过叫骂着的人群上前。他痛心疾首地指着儿子喊道："逆子！之前听你屡次抱怨，嫌弃媳妇不够漂亮，要休了她。我多少次劝你，贤惠的女人比漂亮的女人难得，岂料你非但不听，竟然用如此残忍的手段来对付糟糠之妻！罢了，罢了！你这逆子哪值得半点同情，自己去阎王面前跟小璐对质吧！"年轻人跪在地上瑟瑟发抖，哪敢起身面对父亲。

蒲先生进而转向凶手，却放缓了语气问道："你在事迹败露时竟然试图包庇同谋，很有趣，我倒想听听你的动机。"

听了蒲先生的话，凶手的眼泪登时夺眶而出，他再也忍不住，扯着嗓子哭喊道："我们四人虽是同乡，但那三人从小到大，无休无止地欺负我。小时候以抢我的食物玩具为乐，如今竟然抢我的生意！他们三人抢了我辛苦采集的草药自己去卖，却又要每次赶路时，将药材统统放在我一个人的推车上靠我搬运！我稍不配合就又打又骂。我之前盘算着报官，却怕反被他们三人联手诬告。想躲远这三个恶人，却被他们在父母面前几番哄骗，说他们是好心带着我做生意，共同致富的朋友。害得我但凡拒绝与他们出行，父母便斥我懒惰败家，又打又骂，要我推车出去与他们三人赚钱。我不堪忍受，只得忍气吞声与他们三人出行，哪有半点出路！

"这次他们三人又抢了我历尽艰险采到的药材，差我做脚力，个个赚得盆满钵满。正巧，半个月前路过信阳。那三人放我在这里，自己去城里找青楼快活。正当我一人独自喝着闷酒，他提来半壶酒，坐在我身旁。"说着，凶手目带感激，看向了店家儿子。

他见年轻人垂头丧气跪在身旁一言不发，便继续对蒲先生说道：

"这些日子，我受了费兄不少照顾。费兄是我唯一朋友，每当路过信阳，我趁那三人不在，必定找费兄小酌，无话不谈。

那天费兄语重心长地对我说道：'你总是受那三人的欺侮，这不是长久之计。'我含着泪，点了点头，嘱咐他不要声张，不然定要讨来毒打。他却悄悄对我讲，'不要声张，你把毒药交给我，我为你报仇'。我听了费兄的话吃了一惊，流泪道不能拖他下水。费兄却在沉默半晌之后，忽然问我人死后的事情。

"听我一一回答了提问，费兄压低声音，问我返程的大致日期，又道：'很好，你需要在半个月，十四天后的亥时，再随那几人来这里住店方可。放心交给我吧。我心中已有天衣无缝的计划，你只管放心把毒药交给我便好。'见费兄如此费心，我便取了毒药。实话说，我的草药被那三个人夺走贩卖，至于剩下的，都是些无处可卖的毒药。于是，我挑选了最好的毒药交给费兄，那毒药但凡吃一点，便会昏昏欲睡，一觉长眠。费兄拿了药，拍拍我的肩膀，道了声'珍重'便起身离开了。

"昨天，我在途中假装迷路拖延时间。虽然免不了一顿打。但是我成功了，直到亥时才带着那三个畜生到了酒店。我听酒店老板的话，才知道费兄的妻子忽然去世了。正在我不知所措的时候，费兄忽然回到酒店，视察一番后，对那三人讲，酒店的房源紧俏，但是我们仍可考虑睡在停尸间隔壁的房间内。那困顿不堪的三人，没有多想，随口答应了下来。接着，费兄亲自为我们端上了饭菜，经过我身旁时轻轻耳语：'不可用米饭。'那三个畜生见菜多米不多，便纷纷抢了我的米饭狼吞虎咽，果真中计。

"随后，我跟着三人回屋躺下，转眼间他们便没了生息。费兄悄悄找到我，将全盘计划悉数交代与我，为我开了门，要我背上他妻子的尸首，于是我便按照计划依次……没想到还是……费兄，我对不起你！"说着，凶手转过身对年轻人连连磕头。但那年轻人大汗淋漓，哪敢作答。

蒲先生见状，走到县令身边耳语几句。县令点点头，最后判了凶手被充军，而酒店儿子则被绞杀示众，勉强留了全尸。

槐兄半醉的声音，又将我从四年前的回忆中恍然拉回了酒席，他笑着举杯说道："无意冒犯，说不准店家的人与凶手还有关联呢！"

"魏槐兄弟，实在厉害！今日有幸相会，真是我蒲松龄的运气！"蒲先生也是双颊微红，他兴奋地与槐兄大声嚷着，连连碰杯。接着，蒲先生又将后续查出酒店儿子是主谋的经历全盘托出。

王御使听得，惊讶得合不拢嘴。槐兄则不时笑着点头。讲完之后，蒲先生面带歉意地对王御使一抱拳，道："王御使，之前并未将完整实情相告，我实在太过失敬！"

王御使大笑三声，对蒲先生一拱手道："蒲先生的才智，我王某人相差太远！佩服佩服！"

蒲先生举杯答礼，又转向槐兄道："魏槐兄，此前确曾有人隐约感觉凶手假托尸变的诡计，但能挖掘更深，洞悉真正幕后主谋的人，你可是第一个！容我向广平名捕致以最高的敬意！"说着蒲先生举起酒杯摇晃起来。

我和王御使也纷纷起身，陪着蒲先生一同向槐兄举杯致意。槐兄连忙起身回敬。

觥筹交错之间，早已满面通红的王御使忽然起身，摇头晃脑说道："诸位，莫过于贪杯，明天我们还有工作。"说着，他又摇摇晃晃坐下，将酒杯放在了一旁不顾，打起盹来。我不禁暗暗称奇，这般气氛之下，王御使居然还对工作之事念念不忘，半醉半醒间竟然还劝诫起来，好一个责任感强烈的御史！

蒲先生、槐兄和我虽是醉了，但未失神志，纷纷点头称是。我们三人寻思天色已晚，便相互拱手告辞，喊来府内的仆人搀着王御使，各自回了早安排好的房间睡下。

朦胧间睁开眼，我见屋内早已金光遍地，料想已经时候不早。我伸个懒腰，便连忙掀开被子，起身换装。我心中暗想，幸亏有王御使昨夜劝住，不然今日恐怕不知道要宿醉到何时，岂不是误了正事！着装完毕，我便推开门向书房走去。

听书房传来交谈声，我想到这定是有人早已醒来，在查案了，于是我连忙加快脚步。刚进门，只见书房里，蒲先生正坐在案上一心一意翻阅卷宗，王御使和槐兄两人，则在神情严肃相互交谈。眼看自己成了最迟一人，我心中不免尴尬丛生，却也只得轻轻叩了叩门。蒲先生听到，连忙抬头。看到门前的我，他笑道："果然姗姗来迟，飞。快请进。"

我不由脸上直发烫，便连忙踏进屋，对三人拱手致歉。

王御使却愧疚道："昨夜我只顾畅饮，没来得及劝诫诸位适可而止。果然耽误了今天的要务，这实在是我的失责。"

我听了一惊："王御使难道忘记了昨天我们停杯散席，正是听从了特使的劝诫？"

王御使自己却吃了一惊，他惭愧地摸摸下巴的胡须，道："只记得昨夜听蒲先生讲尸变的真正主谋是店家儿子为止。其余的事情，实不相瞒，全都忘记了。原来是我不经意扫了诸位的兴致么……"原来王御使当真是酒后真言，这顿时让我对他更生敬意。

蒲先生笑道："也是多亏了有王御使，不然我们这几个人，恐怕现在还在床上倒头大睡吧！不过话说回来，昨天一席，可真是酣畅淋漓，足够尽兴了！"说着，蒲先生笑着环视我们三人一圈，又道："闲话不多说。飞，今早你与周公相会时，我们三人已取得了些进展，现在便说给你听。"我连称惭愧，赶忙落座。

蒲先生悠然道："飞，杯弓蛇影的典故，你绝对听说过吧？"

我笑答："蒲先生，在此的我们四人，可都是科举考生。如此脍炙人口的典故想必都有所耳闻。"话音刚落，我心中忽然一惊，忙问："蒲先生，莫非……你是言下之意，是广平的李如松县令正是如此病亡？"

蒲先生笑而不答，将手中的卷宗递给我，说道："卷宗上记载的，正是李如松县令这四年来遭受的第一起行刺。更重要的，也是唯一一起有实质证据证明，他确实曾受到生命威胁的一次。"

"这话怎讲？"我连忙接过，一面问道。

"上午的工夫，我和魏名捕两人依着蒲先生的意思，调出卷宗，查取了所有李如松县令的遇刺案。"王御使抱臂答道，"经过我三人查证，李如松县令遇刺从四年前开始，两个月前为止，一共发生十五次。这十五次行刺中，李如松县令的表现，出奇一致，全部是在梦中突然惊醒，大叫'有刺客'。每发生一次，衙门的卫兵捕快便要手执兵刃，在府内恨不得掘地三尺般仔细搜查，但却无一例外，一无所获。"

槐兄也开口补充道："虽然后十四次的搜查没留下任何物证，然而第一次却有物证保留。飞兄，请看你手中的卷宗，蒲先生为你标了书签的位置。"

依着槐兄的指示，我翻开卷宗，仔细阅读。只见卷宗上书写，四年前一个夜晚，李如松县令被突如其来的响声惊醒。他隐约感到有东西打在床上，便连忙点起蜡烛查看究竟。却不承想，床楣竟赫然插着一把寒光闪闪的匕首，深达一寸多。

我心中暗暗吃惊，仍然继续读下去。而接下来的记载，终于让我忍不住喊出了声："什么？门窗紧锁？这怎么可能？"

我惊奇间，连忙抬头环视蒲先生、槐兄和王御使。但他们三人却一致地低头不语，做沉思状。

少顷，蒲先生开口答道："飞，先不提刺客是如何将匕首插入门窗并锁死之屋内的床楣上。你且留意，在这第一次行刺之后，李县令其后所遭遇每一次的行刺，都没有再发现这样的匕首了。"言罢，蒲先生苦笑了起来，道："飞，试想，在一间完全封闭的房间内，半夜有匕首忽然飞刹在床楣上，这足够令大多数人心惊肉跳、唬个半死吧？更不提若是李县令心中有鬼……"说着，蒲先生转向了槐兄，问道："魏槐兄，敢问李如松县令在任的风评如何？可有仇人？"

槐兄叹了口气，轻轻摇了摇头。

蒲先生苦笑道："若是李县令心中再有亏心事，认为自己遭人记恨，一定会受惊不小！"

一旁的王御使不屑地撇了撇嘴，叹道："李如松，取了前朝名将之名已是大为不敬。竟然本人还是这般胆小鼠辈，甚是有辱先祖！"

蒲先生哑然失笑，继而说道："言归正传，诸位认为我所提出'杯弓蛇影'的设想，是否成立呢？"

"心中有所忌惮的胆小县令，超乎常理的行刺手段……"我沉吟片刻，点头道："很有可能，所谓杯弓蛇影，不正是杜宣误以为自己吞蛇，因此才成疾吗？若不是日后自解心结，恐怕也有因病而亡的可能。"

话音刚落，槐兄也开口道："我同样认为蒲先生的推论成立。在李

第二章 不可能的行刺

县令临终前几个月，他遇刺的频率非常之高，这是诸位在卷宗上也可以查阅到的。事实上，我看他这四年内的遇刺频率，始终随着他病情的不断加重在上升。"

蒲先生点点头，自行补充道："倘若真有刺客试图刺杀李县令，他在数次失手后却屡败屡战，屡战屡败，还从未被衙门府的卫兵捕快发现踪迹，这实在过于荒谬吧？"

槐兄连连点头称是，道："丝毫不差，李县令在几次遇刺后甚至为了抽调卫兵放弃了门岗，找来共一十五名卫兵捕快，每天夜里围着宅邸四周守护。若真有刺客能在这样的条件下下手，也真是天神下凡了！"说着，槐兄猛一拍手，叫道："几乎忘了这事！在李县令病亡前的一个多月，一天中午，他在公堂案上昏昏睡去，不一时忽然惊醒，我们几名捕快眼睁睁看着他失声哭喊'有刺客'！实是让人哭笑不得。"

"依照诸位的意思，这李县令当真是窝囊到被自己吓死了？"王御使唏嘘叹道。

言罢，屋内的我、蒲先生、槐兄、王御使四人尽数面露苦笑。

"然而，"王御使严正道，"即使上报李县令因受惊病亡，可我们终究需要弄清，首次行刺之人是何身份、刺杀又是怎样实施方可。如可追究，更当揪出刺客问责。"

我、蒲先生和槐兄三人听得，纷纷点头称是。

蒲先生嘴角微扬，笑道："破解这等诡异的行刺，可比狐女传说要有趣得多哩！诸位，请容我也出一份力。"

王御使连忙拱手称谢："既然蒲先生肯相助，我也安心许多，多有劳了！"

蒲先生抱拳回礼，单刀直入问道："既然如此，不妨我们先去行刺发生的厢房，巡查一番如何？"

王御使和槐兄连连称是，便利落地领着我和蒲先生两人出了书房，绕过殿廊，来到李县令就寝的厢房门前。正当槐兄掏出钥匙，准备打开门锁时，蒲先生看见门锁上落了一层细细的灰，连忙问道："看状况，这两个月内厢房是无人居住了？"

槐兄开了锁，推了门。只见门上灰尘随着门一抖，悉数飘落，映衬在当头阳光下金光闪闪。槐兄答道："说来很是惭愧，在李如松县令病故之后，不知是衙门里的哪位仁兄，传出了这间历任县令所居住的厢房里定有恶鬼的说辞。有好事者当真去翻阅了广平县的县志，无意间发现李如松县令之前的两任县令，悉数因病而亡，而三任前，还是前朝的县令，则惨遭旗人杀害。据传，在旗人入侵时，县令不愿投诚，坚持率领几个戍卫拼死抵抗。在被旗人俘虏后，与全家老小悉数被拖到这间厢房内，尽遭屠戮。"

经槐兄一说，我登时感到厢房内阴气重重，顺着大门飘然而出。我不由得打了个寒战。

蒲先生闭目长叹一声，随着槐兄踏进了厢房。

槐兄收起了钥匙，淡淡说道："于是，坊间传出谣言，这背负国破家亡之深仇的前朝命官，在被斩杀之时立下了毒誓，要每一任在此的鞑房狗官死于非命，故此当朝算上李县令在内的三任官员尽数未得善终。"

王御使也跟着蒲先生的脚步进了门，道："然而，这恐怕终究只是坊间传言……"

槐兄苦笑答道："但发生在此处，李如松县令遭受刺客威胁却是真实发生的。某个人，在当天夜里，神不知鬼不觉地潜入上锁的房间内，到李如松县令的身旁，将匕首狠狠插进了床榻处，又悄无声息地消失了。"

我随着王御使迈步进屋时，蒲先生轻笑一声，补充道："卷宗上的确有所记载，府内的衙役闻得李县令的惨叫，急忙前来搭救时，却察觉厢房的木门被紧紧锁住。还是被吓得屁滚尿流的李县令爬到门边，用钥匙将门打开的。至于门锁唯一的钥匙，始终被李县令挂在脖子上没被人动过。这实在是不可思议。"

王御使连声应和，叹道："如此说来，莫非当真是来无影去无踪，有上天入地、飞檐走壁神通的鬼怪所为？"

蒲先生哈哈大笑，对王御使道："王御使何必轻言放弃。神棍如我之人尚未断言，御史大人却怎能疑神疑鬼？"

但是，分明感到屋内阴风阵阵的我，却丝毫没有蒲先生的乐观，只是紧锁着眉头打量屋内的装潢布置：只见这间厢房的四周布置，与其他的厢房别无两样。有趣的是，这间厢房四面环墙，只有东侧的墙壁上开着赤红的木门，以及几扇贴着精美纸张，雕着精工木饰的窗户。另三侧的墙壁上并无窗户，灰色的墙壁上，只是挂着几件精心装裱的时下名人字画。

我四下环顾室内的木制家具，造型都很是精致，我仔细打量，发觉没有一件是藏得住人的。正想着，我猛然察觉到，脚下整间厢房的地板上，尽数铺满了的赤红色，软软的毛毯。这真是可谓奢侈僭越！我心中对李县令顿时充满鄙夷。

不只如此，看来李县令平时的癖好是搜集石子，他摆在案前的展柜上，罗列着五光十色，形态各异，打磨得如珍珠般滑腻的石子，煞是亮丽。逐一把玩，更不知要费去多少工夫。我眼前顿时浮现出一个大腹便便，贪婪地盯着，抚摸着石子，丝毫不顾案上公文的贪官污吏形象。料想李县令始终把钥匙悬在自己脖子上的缘故，恐怕也是担心有人在他把玩石子时候忽然闯进打扰吧。

只见蒲先生从大门边开始，沿着厢房墙壁走着，一边警觉地扫视四周物件，一边说道："事实上，刚才所提到，戍卫前来搭救李县令时，却发现门窗依然紧锁，却是上好的指示。"

说着，蒲先生停下脚步，回头看看王御使。但王御使却无奈地耸耸肩："我王索不得其中要领，还请蒲先生细细说来。"

蒲先生一眯眼，说道："从李县令听得响声，到他睁眼查看，在这短短的时间内，刺客是无法打开锁，穿过门逃离，再重新把门锁上，却始终不被李如松县令察觉的。更何况唯一的钥匙还在李县令脖子上挂着，没有人动过。"

王御使听到，面露惊异的神色，就差脱口喊出"这定是鬼宅作祟"了。

蒲先生见状，便不再卖关子，解释道："其实很简单：刺客在整个行刺过程中，并未穿过那道门。"

王御使忙问："此话怎讲？"

"两种方案：其一，刺客依旧在房内潜伏；其二，刺客自从伊始，便没有进这厢房。"蒲先生平静答道。

"这么说来，其一便可以去除了。"槐兄连声作答，"当晚我也在场，想来我与众侍卫仔细搜查了房间，包括床底、床顶，包括每件带门的家具，却并未察觉任何可疑之人藏身。"

蒲先生笑问："如果那刺客扮作捕快的模样，暂且潜伏在屋内，趁着众人拥入的时候借机混入，再伺机逃脱，如何？"说着，蒲先生指了指厚厚的赤色窗帘。

但蒲先生却忽然低头沉吟起来："但即便如此，也恐怕刺客将匕首插入床楣之后，难有机会在李县令察觉他之前，躲回床帘后藏身，如此冒险的计划，实在不妥。"

槐兄也从旁搭话道："况且，若是刺客一开始便潜伏在李如松县令的屋内伺机而动，他大可直接动手害命，又何必仅仅将匕首插在床楣上？"

蒲先生托着下巴答道："或许只是打算威吓，并不准备杀伤？不过如此看来，在室内潜伏已然不成。那让我们转向刺客是在屋外实施刺杀的推测吧！"话音刚落，蒲先生捋起袖子，沿着墙壁又走了起来。

行经床边，蒲先生煞有介事地问槐兄道："魏槐兄，当时匕首的伤痕在哪里？"

槐兄点点头，轻轻拨开窗帘，只见一个一寸有余的伤痕赫然出现在眼前。

蒲先生打量一番，啧啧道："匕首插入床楣竟有一寸深，刺客也真是臂力过人。"言罢，他对槐兄点点头，继续沿另一边的墙壁走着。

忽然，蒲先生如见了宝藏，惊叫着，一个箭步蹿了出去。我、槐兄和王御使三人连忙追上去。只见蒲先生伸手一指：赤红地毯的一端，空出了一角。那是个如同半个脸盆一般的浅凹槽，几块弧形的砖顺向被打通的底部，穿出屋外。我见得此处不由暗自懊恼，竟然在进屋环顾的时候，没留意到如此重要之处。但想来这房间内仅有几扇朝向东侧的窗户，屋内确实不甚明亮，我也姑且在内心为自己的疏忽寻个借口。

蒲先生看看"脸盆"底部的排水口，又扭过头看看身后，笑道："这排水口竟直指床楣方向，有趣！"

而我在一旁忍不住问道："如此的设计，究竟有什么意义？"

槐兄起身环顾，随即指着一旁，架在镀金架台上的盆道："大概是为了倾倒洗脸水而设计。"

　　我点点头，紧盯着排水口，托起下巴说道："莫非匕首是从这排水口进来的？"

　　槐兄和王御使两人一听大惊，蒲先生则笑道："直觉犀利，飞。那请各位与我一同到墙外看看另一侧的状况吧。"

　　话音未落，我们四人争先恐后地小跑到了南墙的外侧，只见排水口两侧的砖墙上，无端地插着两根锈得厉害的钉子。

　　蒲先生见得这两根钉子，登时自顾自地笑了起来，说道："原来是这样的雕虫小技！看来这魅影刺客，也并不难做！"

　　我隐约感觉这排水口的大小，似乎的确可容纳一个短小的匕首，只是……

　　此时槐兄早开口问道："蒲先生，若是匕首从此进入，却要如何飞到床楣上？"

　　蒲先生笑笑："看来正如推论，刺客根本不曾踏进房间一步！至于手法，各位可曾玩过弹弓？"

　　说着，蒲先生指了指排水口一旁的两根钉子。他俯下身，用力拔了拔，却见那锈迹斑斑的铁钉纹丝不动。蒲先生笑道："果然够瓷实。魏槐兄，四年前打在李县令床楣上的匕首，可有保存？"

　　槐兄点点头："李县令虽坚持要我们丢弃，然我与府内的几位捕快商议后，一致认定这是重要的证物，便瞒着李县令，始终保存在仓库的角落里。"

　　蒲先生连忙对槐兄一抱拳，槐兄心领神会，立刻转身去仓库取匕首了。蒲先生连忙喊道："魏槐兄！险些忘记了，请再找来一根结实的弓弦。"

槐兄连连抱拳回应，小跑着离开。

听蒲先生索要弓弦，我又看看排水口旁边，煞是不寻常的两根钉子，猛地反应过来，忙道："蒲先生，你的计划，是用弓弦连接这两根钉子，当作一张横卧的弓来使用？"

王御使听得，也开口问道："蒲先生打算借此将匕首射入屋内？"

蒲先生见我和王御使二人开了窍，笑道："正是。所以要拜托魏槐兄找来当年的匕首，重新布设机关，验证这设想的可行性。"

交谈间，随着匆匆而来的脚步声，槐兄双手托个深棕的木匣，手上缠着光亮的弓弦，小跑回到我们近前。

蒲先生连忙起身道谢。他接过弓弦，麻利地缠在了排水口两端的钉子上，接着又轻轻拨动几下，自言自语道："这响声不错，果然是好弦！"

说着，蒲先生小心翼翼地取下木匣盖子，我伸脖子向里边窥去，只见一把寒气逼人的短小匕首闪闪而现。蒲先生取出匕首，握在手中打量一番，道："这也是好刀！"说着，蒲先生便趴在地上，一本正经地扯起了弓弦来校准。留下我、槐兄和王御使三人在他身后屏息注视。

少时，蒲先生右手满满扯开了弦，左手从匣子里摸来了匕首，搭在弦上。他右手一松，短匕果真如同离弦的箭一般蹿了出去。我屏息听着动静，却只听见蒲先生长叹一声："不行，匕首落在地毯上了，这力量不够。"

正要搭话，蒲先生却一骨碌起身，说道："不要紧，看来我要采用特别方案来增强力道了！各位请在此稍待片刻。"话毕，他噌地蹿了出去。

正在我、槐兄和王御使三人面面相觑时候，蒲先生已提着匕首，小跑着回了墙边，笑道："豁出去了，看我的。"说着，他坐在排水口外的草地上，两只脚分别抵住两根钉子，用尽浑身力气，一手扣着弦，将全身舒展开，尽可能扯开弦，又伸出另一只手取匕首。

我见蒲先生拼命的样子禁不住心中直犯嘀咕：要如此费力的手法，刺客当真用过？但是，比起手法过于复杂可行性低来说，我反倒更担心蒲先生，会不会扯断弓弦狠狠向后摔去。以及搭在弦上、距离排水口足有几尺距离的匕首，究竟能否准确射入排水口，飞到床楣的位置。

蒲先生大叫一声，松开死命扯开弓弦的手，匕首瞬间便飞进了屋内。

即刻，我听到屋内传来一声闷响。只见蒲先生连滚带爬起身，招呼着我们随他一同进门查看。

我跟在蒲先生身后绕过墙，迫不及待地钻进了门，连忙向床铺的方向张望。

但身前却传来蒲先生的一声长叹。只见匕首依然掉在地上。蒲先生上前，拎起匕首，又看看床板，说道："即使用尽全力，这短匕却仅能戳中床板落在地上。这力道，距离插进床楣一寸可未免差得太远！"

我、槐兄和王御使三人则默默站在蒲先生身后，一言不发。

王御使上前，轻轻拍了蒲先生的肩膀，对他鼓励了几句。蒲先生连连拱手称惭愧，却也无计可施，我们四人只得暂且返回书房，再作计议。

蒲先生满心郁闷地坐在藤椅上，摆弄着手中的短匕，怔怔说道："这匕首确实有些分量，插进床楣一寸，着实需要大力气。看来要在行刺中做些手脚，的确需要不寻常的方法。"

王御使眉头紧缩，点头附和道："蒲先生说得没错，刺客竟能在府内完全消失，也是神奇。"

蒲先生听到，却笑道："这不足为奇，倘若当真有人换上了衙役的装扮，在半夜三更黑灯瞎火之际，蒙混过关也并非难事。"说着，蒲先生坐直了身躯，"甚至，说不准是衙门府内的人监守自盗，玩出的把戏呢。"

我听得，连忙问槐兄道："槐兄，四年前当晚，在府内可有人举动异常？"

见槐兄满脸尴尬，蒲先生连忙对我摆摆手："飞，不要强人所难。怎能忘了当晚是县令第一次遭刺？恐怕守备并没有多少防备，也不曾留神吧。"

槐兄惭愧地连连拱手："老实说，当晚我原本在熟睡，还是被府内的卫兵叫醒，才去李县令处查看究竟。"

蒲先生点点头，问道："这四年间，衙门府内的人手变动如何？"

槐兄微微叹气，答道："大约有三分之二都调离了本府，只有三分之一，也便是十人左右这四年间始终在此。"

王御使听了一惊，忙道："竟有如此数量之人离职？"

槐兄叹道："实不相瞒，不少人是被李县令连连遇刺之事吓走的。衙门内，关于李县令厢房里闹鬼的传闻素来很是盛行。两个月前，李县令病亡后闹出前朝诅咒之际，更有不少胆小的纷纷辞职离开。"

蒲先生听得，不禁苦笑起来。片刻才问道："魏槐兄却没有过疑虑？"

槐兄笑着摇头，答道："李县令床上中了匕首之事，虽说时至今日也没有说法，成了广平衙门府的一大悬案。然而府内的我等衙役却从未受害，我也便不曾担心受怕。"

神探蒲松龄：红玉

058

"传闻中的冤魂，不正是针对每任县令吗？想想整个衙门府内，只有李县令一人被鬼怪追杀，却也有些可怜之处。"蒲先生笑道。

听蒲先生打诨起来，我顿时心血来潮，不禁模仿起他故弄玄虚的口气，学着他的套路讲道："诸位，请想象自己住在一间被传说中怨气冲天的亡灵所占据的屋内。明明心中怕得要命，却在沾到被褥的瞬间，便昏昏沉沉睡去。不知过了多久，隐隐约约，朦朦胧胧，在分不清梦幻抑或现实之间，眼前猛然跳出个无头之人，身着前朝装束，大喊道：'鞑虏恶党，偿我命来！'随即伸着满是血污的双手来锁喉。随之，不知哪里传来一声响。

"你惊得从睡梦中猛然跳起，抚着大汗淋漓的额头。虽明白过来方才的遭遇仅是噩梦，但却越发感到传闻的真实，而瑟瑟发抖。

"细细想来，你又疑心刚才响声绝非梦境，于是你努力克制心中的恐惧，双手颤抖着点了蜡烛，借着摇摆不定的烛光仔细查看。但忽然寒光一闪，只见床楣上，赫然立着钉入的匕首……"

第三章 凶案再临

我正聚精会神，刻意煽动起恐怖氛围，蒲先生却不紧不慢道："但，你口中喊出，却不是'有鬼'，而是'有刺客'，这要如何解释，飞？"

　　我登时一怔，不知如何作答。

　　蒲先生大笑三声，道："若真在梦中见鬼，却怎会在眼见匕首时大喊'有刺客'呢！飞，你这出故事的硬伤，实是惨不……"但蒲先生却忽然住了嘴，脸上的笑容陡然消失，取而代之的，则是严肃的神情，他更是托着下巴陷入沉思。

　　我一惊，忙问："蒲先生，这是……"

　　蒲先生却不答话，自顾自地低头思忖着。

　　槐兄和王御使也好奇地看着蒲先生，不知他又有何高见。

　　蒲先生依旧低头不语，脸上的神情却渐渐缓和，又转成了得意的笑容。我见状忙问："蒲先生，成果如何？"

　　蒲先生笑着起身，拍拍我的肩膀，道："飞，多亏了你！那房间的确闹鬼，是我错怪你了。话说，你既然坚信冤魂的传说，不如今晚亲自去厢房体验体验吧！"

我听了蒲先生的话一惊："蒲先生不要胡闹，这怎能……"

蒲先生却笑着摇了摇手指："飞，如果你不曾见着鬼怪，不但没有损失，还能破解怪谈。若当真见了鬼怪，岂不是有了切身体验来为我们道明？看你对此事的兴致如此之高，此计不是两全其美？"

被蒲先生推入了火坑的我，顿时怔在原地，后悔不迭。所谓玩火自焚，莫过于此啊！

"飞，莫非你的胆量不足以住进厢房？"蒲先生讪笑道，又忽而摆出了一脸同情，愁容道："哦！可怜的李如松县令！原来我只是错怪了你的胆量，没想到衙门府的精英捕快，也两股战战，不敢向前。李大人，见谅，见谅！"

听蒲先生这一番话，我哪里还按捺得住？我当即连声高叫："有何不敢？有何不敢？"

蒲先生哈哈大笑，道："飞，今晚就全看你了！可不要临阵脱逃，落得李县令手下败将的笑柄传世！"

我轻蔑地哼了一声，挺直腰杆看着蒲先生。

一旁的王御使和槐兄见了这般滑稽闹剧，不禁相视一笑。王御使起身道："时候不早，各位不如随我一同用餐吧？今早，我同魏名捕特意差人在村头的酒家预留了位置，请蒲先生和严飞兄赏光。"

我和蒲先生连声叫好，便随着王御使和槐兄出了门，随着王御使往村头走去。

临近酒家，王御使再三嘱咐我们三人不能饮酒。经历过昨晚的教训，我、蒲先生和槐兄三人连连称是。

步入酒馆，掌柜抬头看到我们几人，连忙笑着迎上前，对槐兄恭恭敬敬地行礼："魏捕快带着贵客来了？快快请进。我来负责招呼。"

说着，掌柜热情地走在身前引路，带着我们坐在一张宽敞的桌旁，回身招呼小二仔细照顾伙食。

过来一炷香的工夫，我们四人饱餐一顿，正打算投箸离去。却见掌柜走上前来，殷勤询问饭菜是否可口。蒲先生连声的称赞，反倒说得掌柜有些担待不起，他挠着头连连称谢。蒲先生忽然问道："掌柜，关于广平的狐仙传说，可曾有耳闻？"

掌柜连声答道："当然！当然！广平的住家，谁不知道冯公子和他的狐妻红玉？冯公子高中举人，红玉姑娘又是国色天香，正是应了'郎才女貌'的佳话！"

蒲先生故作惊讶地点点头，问道："这话怎讲？"

掌柜赔笑道："先生想必刚到广平不久吧？不然道听途说也该略知一二。"

蒲先生笑笑："正如掌柜所说。我的确曾听人提起广平的狐女传言，很是感兴趣。人们常说'掌柜知百事'，所以特地来此向掌柜了解详情。"

掌柜连连拱手："承蒙先生看得起。这狐仙的传言，却也说来话长。"蒲先生听了这话，连忙端正了坐姿，一副洗耳恭听的神态。我也正襟危坐，听起这被同县人亲眼所见的狐仙究竟是什么来头。

"先生口中的狐仙，唤作红玉。四年前嫁给了家破人亡、一贫如洗的冯公子冯相如。这红玉，正是传说中的倾国美人。她面如桃花、肤如凝脂，每每身着红色的衣装出行，走路轻盈得如同在空中飘浮。"

蒲先生忙问："如此的美人，冯公子可要如何奉养？"

掌柜连连摆手："先生误会了！如果只是绝色美女，又怎能得到本县人尊崇至此？刚才先生所说的奉养不假，但却不是冯公子奉养红玉，而是红玉姑娘奉养冯公子啊！"

蒲先生大惊，问："怎会如此？冯公子还要靠着红玉姑娘下地不成？"

掌柜意味深长地点了点头，说道："冯公子是秀才世家，这一辈子，哪里懂得半点农家事？虽然考中了进士，但先前的半年，却的确是靠着红玉姑娘苦心经营，才得以维持生计的。"说着掌柜有些愤懑地叹了口气："人们常说'书生百无一用'，依我看，若是再考不中功名，这话当真不假啊！不假！"

听了这句话，蒲先生顿时如坐针毡，面色好生尴尬。而改行做了捕快的我，心中五味杂陈：若我还在苦读，没了衙门的俸禄，怕也只能坐吃山空吧！

两年前，母亲打算回苏州的娘家探望。父亲不放心母亲独行，便决定同往。我却没料到，老两口竟然就此没了音信。我借着职务之便，曾向苏州以及沿途的所有衙门府投过寻人的信函，但为数不多的几个回复，却一致是"未曾见"。焦急中，我在一年前，意外接到了母亲的亲笔信。信中说，父亲在苏州意外病倒，经历了半年的调理才勉强抢回一命。如今经不起远途劳累，更需要在苏州休养生息，所以两人便一同在母亲娘家住下，恐怕归期未定。

母亲又在信中提及，之前虽然数次反对我进衙门当差，却不想竟成了我养家糊口之计。想我如今有了官府的俸禄，也便稍稍安心。

如今我与母亲每月有个通信，相互道着平安。至于父亲在半年前的来信中叮嘱，说此事正是我成为顶梁柱的契机，还不厌其烦地写上了我再熟悉不过的语句，"天将降大任于斯人也，必先苦其心志，劳其筋骨……"等等格言以资鼓励。在信件的最后，父亲感叹他如今已老，要我不必再按照他的意志考取功名，只是追寻自己的道义活下去便好。这封信被我精心装裱，挂在床边的墙上每天品读。

掌柜的言谈打断了我出神的回忆，他道："这红玉，先是拿了身上仅有的一点钱财，买了些纺织工具代人纺织，随后拿着利息租了几亩田地，雇了人耕种。她见用人懒惰，便亲自扛起锄头起早贪黑地劳作。那些偷懒的用人，见本家有着沉鱼落雁容貌的女主人尚且如此勤劳，顿时羞得无地自容，纷纷知耻而后勇，努力耕作起来。本县的许多住户见红玉如此贤惠，也纷纷自愿帮助冯家耕作。"

蒲先生连连惊叹："了不起！太了不起了！"

掌柜微微点头，又道："好在冯公子不枉费红玉和诸多同乡的一片苦心，中了举人。如今也当以冯举人相称了！"

蒲先生点点头，随即问道："那么红玉姑娘是狐仙的说法，又是从哪里兴起的呢？"

掌柜听得，连连咂嘴摇起头来，他无奈地叹了口气，说道："事实上，虽然本县的许多人家坚信红玉姑娘是狐仙，但我却并不赞同。我想只是县里的人们见红玉如此美丽贤惠，就私自断定此女本不应人间有，所以才出了狐仙的说法吧！他们用作理由的许多怪谈，也仅仅是口说无凭，想是以讹传讹的缘故吧。"说着，掌柜又补充道，"我向来对神化能人之事嗤之以鼻，依我看，许多野史评书中讲岳鹏举是天将下凡的，纯属无中生有。我看广平本地的许多人家也无非如此。即使红玉姑娘当真是狐仙，又怎能证明呢？"

蒲先生哈哈大笑："不瞒掌柜，我正是个收集神话怪谈的作家。是因听说了狐女的传闻，才特来探访。先生这一席话，将是重要的参照！"

掌柜听蒲先生一说，连忙道："既然如此，也让我再为先生提供一些关于此事的坊间传言。"

蒲先生连忙拱手示意："请讲。"

"曾有人说，红玉和冯公子早年间就相好，是被冯公子的老父亲拆散的。后来冯公子从邻村另娶了别的漂亮媳妇，却没过两年的安稳日子便遭遇了剧变，落得家破人亡、妻离子散的下场。红玉是在冯公子走投无路的时候，投奔回他身边的。"掌柜感慨地说道。

一旁的王御使愤愤不平道："冯公子抛弃了爱人，另娶新欢，日后遭遇果报，可谓是天理昭然。"

掌柜则赔笑道："此事却也不能全推给冯公子。他们家的老爷子，平日里甚是严厉刚直，也同是寒窗苦读的秀才。想必不能容忍自己供养的儿子不肯专心读书，却偷偷儿女情长吧！"

"不知日后红玉姑娘再次投奔冯公子的时候，冯家的老爷子又是如何表态的呢？"蒲先生顺着话题问道。

掌柜轻轻叹了口气，答道："我之前所说冯公子家破人亡，并不是夸张。他后娶的漂亮媳妇被本县恶霸占了，父亲被恶霸差人打死了，儿子也不知所终。据说还是红玉投奔冯公子的时候恰好在路上捡到，才带回冯公子身边的。"

正义感素来强烈的王御使哪听得这些，当即拍着桌子骂了起来："恶霸何在？我今天就让他死无葬身之地！"

掌柜偷笑着答道："恶霸早死了，这位先生不必如此激动。"

王御使顿时尴尬起来，他讲了声"失态"，便连忙坐下。

接着，蒲先生又与掌柜简单寒暄了几句。我们看看时候不早，便一同起身，与掌柜拱手告辞。正准备打道回府，蒲先生却对王御使拱手道："王御使，请容我在广平略略探访一二。"想蒲先生本是打算在广平探访狐女的传闻，我和王御使两人也不便阻拦，连声允诺。而更为重要的是，明明有一位御史和两位捕快坐镇，却总求助于一位府外人士，多少让我们三人颜面扫地，更要坏了衙门的名声。

暂且别过蒲先生，我、槐兄和王御使三人便匆匆走回了衙门府，再次扎进书房中，翻阅着卷宗，苦苦寻些蛛丝马迹。然而，无论我们三人如何绞尽脑汁，却都找不出能把匕首插进床榻一寸，随即瞬间消失在紧锁的房间内的方法。

经过一个毫无建树的下午，我、王御使和槐兄纷纷郁闷地靠在椅背上，垂头冥思。忽然，只见蒲先生一脸轻松，如风般迈进了书房。他正要开口询问，便看到了三张苦瓜脸，于是连忙收了声音。

随后，我们四人在衙门府内共进晚餐。席间，我本打算靠蒲先生的神鬼奇谈，活跃一下桌上阴郁的气氛，但蒲先生却摆摆手推辞道："这两天，我记忆中的珍藏，几乎如数奉上了。既然王御使官至御史，想必有不少调查冤案，为蒙受不白之冤的百姓翻案的经历吧？如此令人骄傲的事迹，不如讲来与我们共赏如何？"

王御使听到这句话，猛然从沉思中惊醒。他连声答应，讲道："既然蒲先生相邀，我也不便推辞。请各位容我道来我最为记忆深刻的案件吧。"

几年前，有某地一位姓周的家主，因邻家的耕牛踏入了自家田地，毁了庄稼，家中仆人便同邻家起了冲突。不想邻家在吏部中颇有势力，竟然不但恶人先告状，更贿赂了当地的县令。于是这位田地被踩坏的家主，竟被不分青红皂白地抓走，遭了好一顿毒打。进而县令给他安上了莫须有的罪名，准备问斩灭口。

幸得这周家家主有位义薄云天的知己，他想方设法拟了状子呈给了当朝皇帝。于是王御使接到了圣旨，要彻底追查此事。王御使带了命令进驻当地的衙门，几经查证，发现县令收受贿赂、滥用私刑，更试图杀人灭口。掌握了实情的王御使怒发冲冠，将县令流放到边疆充当阵前的无名小卒。至于那邻居，面对损害财物、行贿的几项罪名，又考虑到他曾为吏部官员，定在平日压榨了不少油水。于是王御使灵机一动，罢免了他的官职，罚他倾家荡产赔偿了周家的损失。

"后来，听说这名吏部官员从此贫困不堪，奢华的生活无以为继，加之受到同乡的指点非议，便灰溜溜地连夜逃走，不知去向了。"王御使得意地总结道。

蒲先生听完故事，对王御使尊敬地拱手道："王御使处置得好，若只是处罚吏部官员，对周家遭受的痛苦也于事无补，不如赔些银两来得实在。对于吏部平日里作威作福、挥金如土、压榨百姓之人，也该他们受受走投无路的罪！"

"蒲先生正是我的知音！"王御使激动不已，连忙举起酒杯与蒲先生相碰，接着两人你一言我一语地热情攀谈起来。

见蒲先生同王御使两人相谈甚欢，我也得以和槐兄叙叙旧。我举起酒杯，对槐兄满心感慨地说道："槐兄，如今我们两人再次得以并肩奋战，真是我梦寐以求！"

槐兄举杯与我清脆地一碰，道："承蒙飞兄厚爱，还记得我们两人在山中被狼群围困的那次经历吗？"

"当然，槐兄，相互托付生死的事情，我怎能忘记！"说着，我面带歉意地挠了挠头，说道："记得是因为我留在了队伍最后，你为了陪我却送了路所致。真是抱歉，槐兄，从小到大那些年间为你添了如此多的麻烦，我却毫无察觉。"

槐兄笑了笑："飞兄何必这么说？如不是那些经历，你我二人又怎能如此熟识？照顾年岁稍小的你，当然是我的义务所在。不过想想那天，要是我们两人中有一人稍有迟疑，恐怕要统统葬身狼腹了。"槐兄眯起眼一笑，又道："说起狼，当真是有灵性的动物，它们能通过气息洞悉眼前的是被猎者或是捕猎者。"

槐兄说着有些失神，目光呆滞地望向前方，想必他定在回想当年的场景。而我也恍然间回忆起当晚，在那个满月之夜，光秃秃的山上，伴着飕飕而过的凉风，两个灰头土脸，人手一根木棍，背靠背站立的男孩，壮起胆，拼尽全力瞪着眼前逡巡的狼群，久久对峙着。也不知经过了多久，随着雄鸡打鸣的声音在远方传来，徘徊驻足的狼群才悻悻而去。目送最后一只狼走出视野，我和槐兄两人不约而同地瘫坐在了地上，大口喘着粗气。

时至当下，我几度想来也深感不可思议。即便是当今受了师父教导，练就枪术的我，握着师父亲手相传的锐利长枪，在半夜三更面对这群眼冒绿光的饿狼，恐怕也不敢说有十足的把握，做到内心丝毫不退缩。那时我仅仅是稍经师父调教，技巧与力量尚未成型，哪有勇气面对穷凶极恶的狼群？或许正是因为与槐兄相互背靠着，我才能一股脑地生出保护槐兄的背后的决意，办到几乎不可能的任务。

而在那之后没多久，便是我失魂落魄地得知槐兄消失之事了。我看槐兄的目光比起当年多出了许多沧桑，身躯也练就得相当壮实，忍不住问道："槐兄，十年前究竟出了什么大事？竟然不声不响消失，来到了广平至今。"

"家中出了剧变，我被父母的亲属紧急召回广平……"槐兄垂下眼，面露悲痛的神色。随即他整顿了一番情绪，尽力克制道："是父母在外经营生意时，途经广平，被拦路打劫的盗贼杀害。我当时接到父母亲友的密件，便顾不得与淄博的远房亲戚告别，独自来到广平一带。见到父母的尸首，我大哭整夜，直到天亮，我擦干眼泪，发誓要为父母报仇。

我谢过父母的亲友，只身投奔广平的衙门府，拼命调查这伙盗贼。后来广平的衙门配合军队设下圈套，用士兵假扮商人，趁机剿灭了这群盗贼。自那以后，我便下决心成为一名捕快，在广平衙门府任职至今。更重要的是，我始终抱着当年的盗贼在广平县内仍然潜藏着眼线的怀疑，不追查到底，决不罢休。"槐兄言罢，重重长叹了一声。

我听了槐兄当年的境遇，回想起两年前探听不到父母消息时，近乎发狂的担忧，却又怎能与槐兄的经历相比？如此想来，我心中更生痛楚。忍不住拍了拍槐兄的肩膀，为他斟上酒，好言相劝。

当晚，我们几人早早散席，便往寝室走去。蒲先生见我正准备打开屋门下榻，讪笑着上前挡在门前，说道："飞，难道忘了你今早夸下的海口？"

我吃了一惊，猛然回忆起今天早上受了蒲先生的激将，说出要睡在李县令的厢房之内的话。

蒲先生见我一愣，说道："没关系，飞。害怕就请速速开门就寝。"

事到如今，即使没有蒲先生的再三挑衅，既然今天上午我已喊出要在李县令的厢房内下榻的话，正所谓大丈夫一言既出驷马难追，如今我早没了退路。更何况，所谓的传言，八成也仅仅是谣言而已，却有什么可怕的？

于是我不屑地挥了挥手："酒席之后几乎忘记了约定，我这就去李县令的厢房下榻。"

说着，我同槐兄讨来了房间的钥匙，独自一人托着蜡烛，走向了映衬在月光下银闪闪的闹鬼厢房。

我掏出钥匙，开了门锁，随即端起蜡烛踏入房间。想到李县令四年前曾在同样的房间内被吓得半死，我忽然心血来潮，笑道："前朝冤魂，若有苦难，也对我说说吧！"接着，我将蜡烛放在门口的石案上，取过钥匙将门锁自内侧再次紧紧锁住。随后我吹灭了蜡烛，便借着屋内并不明亮的月光，摸到床榻旁，躺下睡去。

那晚，蒙面的刺客、前朝的冤魂、妖艳的狐女三人在我梦中来回闪现，而传说中的狐女飞檐走壁，仿佛身轻如燕的刺客，轻盈地穿越了上锁的大门。

梦，戛然而止。朦胧间，我似乎听见有物件击中床的响声。

我心中猛地一颤，连忙睁开眼，撑起身子。警觉地扫视眼前黑漆漆的房间，同时集中全身的精力，竖耳倾听每一声响动。

然而四周除去了夏日蚊虫的鸣叫之外，却并无任何异常之处。

我翻身下床，正要点蜡烛的时候，猛然想起李县令的遭遇，便立刻转身，借月光检视起床来。我壮着胆一手扯开床帘。瞬间，我惊得坐倒在地：只见一道寒光正插在床楣，与李县令四年前的经历别无二致。

惊慌间，我连忙振作精神，警觉地再次环视黑黢黢的屋内，但却并没有藏身之人。接着我起身点了蜡烛，端来床前借光查看。只见那寒光闪闪骇人的匕首，果真插进了床楣一寸！旁边便是四年前的伤痕，只有不到半寸的距离。

无论如何，得赶快告诉其他的同伴！我想着，急忙拎起钥匙，手忙脚乱地打开了门锁，拉开门便要往外走。

正要迈步，我却在抬眼间被吓得一个激灵：眼前矗立着三座黑漆漆如山的人影。我踉跄一步，猛地向后一跳，摆出了搏斗的架势，喝道：

"什么人？"

中间的影子耸了耸肩，道："飞，是我啊！怎么，被吓得认不出了么？"

"蒲先生！"我惊道。接着我转念一想，奇怪！蒲先生此刻正该倒在床榻上呼呼大睡，怎会神不知鬼不觉地跑来厢房？

正犹豫，中间的影子吹了声口哨，一边悠哉地步入屋内，一边说道："不错，不错。飞，看来淄博精英捕快的判断力和胆量，果然远胜于李如松县令。"说着，人影伸手摸了摸石案，道声"奇怪"。随即，他见到烛火正在床边地上摇曳，连忙蹿上前吹灭。随即端起蜡烛走到石案边重新点燃。火光摇曳间，只见蒲先生的面容在黑暗中被映衬出来。

不出所料，另外两个黑影走进屋，我趁着烛光定睛一看，果然是槐兄和王御使。槐兄一言不发地走到我身旁，鼓励似的拍拍我的肩膀。

蒲先生连声责备我道："飞，你实在粗心！忘了厢房内铺满了毛毯吗？若稍有失手，只怕你还来不及见到前朝县令的亡灵，便要葬身火海了哩！"

我迫不及待地答道："蒲先生，祸事了！有不明来头的人在睡梦中把匕首插进了我的床榻！"

蒲先生却很是镇定，说道："这不是好消息吗？犯人时隔四年再次出现，制止我们进一步调查。可如此的举动恰恰为我们留下了新鲜的证据……"

不等蒲先生说完，王御使连忙打断："蒲先生莫拿严飞兄寻开心了。还是赶快告诉他真相吧！"

槐兄则单刀直入地说道："飞兄，莫要疑虑。这是蒲先生通过你测试他的新手段。"

"王御使，魏槐兄!"蒲先生嗔怪说道，"二位便是如此害我失去了狠狠捉弄飞的机会!"言罢他自顾自笑了起来。

原来这是蒲先生布设的把戏! 我这才恍然大悟: 出门见到蒲先生三人时，我心中还有些疑虑，他们怎会如此巧合，在事发这节骨眼上出现在厢房的门口。一想来，该是在中午进餐前，蒲先生激将我入住这间厢房的时候，便早在心中计划妥当吧!

于是我开口问道: "想蒲先生在午饭之前，便识破了刺客的把戏?"

蒲先生笑着点点头: "其实多亏了你，飞! 在你班门弄斧、故弄玄虚讲起故事的那时候，我顺着你的思路，想到凶手所需要的，只是李如松县令听到打在床上的声音，以及插入床板一寸的匕首罢了。"

我一时有些摸不着头脑，只是愣愣看着他。

蒲先生继而解释道: "是说，你见到的匕首，以及打在床板上的声音相互独立，其实并无关联。目的只是让你自己产生联想，误以为这两起事件是同时发生的，是有人将匕首插在床楣上，并发出了声音。如此也仅仅是为了威慑而已。"

我听着有些似懂非懂，问道: "那么蒲先生是如何将匕首插进床楣的呢? 蒲先生不也证实过，南墙的排水口下发射匕首并不可行吗?"

蒲先生咂了咂嘴，笑道: "飞，匕首是从一开始就钉在床楣上的。"

我听了，不禁伸长了脖子一愣: 什么? 这怎么可能? 于是我忙问道: "可我上床就寝之时，却没有见得如此的匕首才对?"

蒲先生笑笑: "飞，你可知道，匕首为何要钉入床楣一寸? 那匕首在你踏进房间的时候，是早已插在床头，隐藏在床帘之下的! 若非刀刃几乎全部没入，只怕即使在这昏暗的房间内，这匕首也会过于扎眼，而被发现。至于刀柄，颜色与床板是相近的深色，很容易被忽略。"

这时我才被点破了其中门道，答道："原来如此，并不是为了炫耀臂力啊！"

蒲先生笑道："当然！"

"但是何时……"未说完，我忽然想了明白，道，"蒲先生莫非下午走访只是借口，实则趁我们在书房内冥思苦想的时候，向府内的衙役借来了钥匙和匕首，做出了这般的布置？"

蒲先生正点头，一旁的王御使却顾虑地问道："可是蒲先生，四年前的刺客，也得以保证李如松县令在入睡前不得发现隐藏在帘后的匕首吗？"

蒲先生答道："事实上，想要发现很难。这房内只有东侧的窗户，上面还雕满了各式的花纹，导致屋内的采光并不理想，本就比较昏暗。况且，屋内铺着毛毯，床榻的周围又并无案台来放置杂物，难以相信住户会端着灯火，一直到床边才熄灭，扔在地毯上不顾而睡去。飞？"

我点点头："的确如此。我端着蜡烛步入厢房，想到脚下全是易燃的毛毯，便匆匆熄灭了蜡烛放在进门手边的石台上。这石台，似乎正是用来放置烛火的地方。"

蒲先生点点头，又补充道："何况，当年的刺客倘若与李县令相熟，随便找个借口拖到很晚才放人困马乏、一心只想着尽早躺下入睡的李县令回到房间，便更有十足的把握。"

王御使连连点头称是。

看到插进床榻一寸的匕首之谜已然得解，我连忙问道："那么，打中我床板的响声又是？"

蒲先生笑了起来，讽刺地说道："李县令正是被他的奢侈癖好给埋葬了。飞，你可记得我们今天一早在南墙下发现的排水沟？我仍然采用了今早的方法，只是发射进屋内的并不是匕首，而是这个。"说着，蒲先生从袖中取出了两粒滑腻、淡紫色的鹅卵石。"我偷了李县令爱不释手的宝贝，顺着弹弓发射，正击中你的床板发出响声，引你从梦中惊醒，检查自己的床，进而发现插在床楣的匕首，进而下意识地将这两样原本分离的现象联想到一起，误以为是有人从不明之处以神力抛出了飞刀，刹在自己的床板上，又随即消失。"

"可蒲先生是如何准确将石子打到狭窄的床楣上的？这有些……"不等我说完，蒲先生答道："并不是床楣啊！我击中的，是你的床板。你在睡意蒙眬中，只是感到有什么物件砸在了床上，进而检查整张包括床楣床板的床铺不是吗？只想要击中床板，是很简单的。事实上，我发觉只要大力将石子贴着管道的底部送排水管，屋内的凹槽的部分自然会充当跳板，但凡稍加几次练习，在黑夜中也可不必瞄准，便得以百发百中。"

见我、槐兄和王御使三人沉吟不语，蒲先生笑道："诸位难道不信？也罢，让我再为诸位演示一次。"说着，蒲先生转眼间出了门。随着一声轻响，床板即刻传来了嘭的一声，屋外的蒲先生透过墙壁喊道："让我再重复两次。"言罢，床板又被鹅卵石敲得响了两声。

惊奇间，蒲先生又从屋外回到眼前，他摊摊手，说道："诚然不难，算上吵醒飞的那一枚石子，四发四中。这鹅卵石本是李县令收藏之物，即使落在地上也不会令人起疑。至于地上厚厚的毛毯则隐去了石子掉在地上的声音。这计划可谓完备。"

蒲先生解释了全部的手法，便如同唱完一曲的名角，深深地鞠了一躬致谢。我、王御使和槐兄三人见状，连连对蒲先生拍手称赞。

"不过，究竟是什么人对李县令出手？"王御使问道。

"不知。"蒲先生毫不迟疑地答道。

见王御使一怔，蒲先生扑哧一笑，道："当真不知，府内的衙役都有嫌疑。他们白天找机会进入李县令的屋内插好匕首，在半夜伺机发射鹅卵石后扯掉弓弦，再混入四下寻找刺客的其他衙役中，绝非难事。既然魏槐兄曾提及衙门四年之间，三分之二的衙役已经纷纷离职，那么想要揪出四年前设局恐吓李县令的凶手，再有物证证明，实属天方夜谭。"

王御使一听，顿时沉吟了起来。想到若只是识破了刺客的手法，却无法确认刺客的身份，进而将他抓捕归案的话，的确是无法对朝廷有个交代。

蒲先生如同看破了王御使的心思，说道："特使不必担忧，虽然凭借手法无从锁定凶手，但我还自有他法，不必担忧。明日再作计议。"说着，蒲先生便招呼王御使和槐兄出门。行至门前，他扭头对我拱手道："飞，今晚多有劳，早些休息吧！"

第四章　四年前的灭门

破解了刺客的手段，我心中对这厢房的疑心霎时间一扫而空。待送别了蒲先生、槐兄和王御使三人，一阵倦意忽然袭上身。我也不再多虑，舒舒服服地躺在了李县令的床铺上，美美睡去。

　　待我次日醒来，只见屋内的红色毛毯上金光点点，窗外传来知了的聒噪。料想时候不早，我连忙起身穿衣。正欲抽身出门，我忽然想起昨夜所见的匕首还未曾收起，于是连忙撩起床帘。看到匕首，我不禁苦笑起来，接着一用力拔出了匕首，把玩着往府内的书房走去。

　　进了书房，我与蒲先生、槐兄和王御使三人相互道着早，便也落了座。

　　将匕首递给槐兄，我一边问道："按蒲先生昨夜所说，自有寻得刺客的那个方法，究竟是？"

　　蒲先生笑了笑："飞，你可真是急性子。我今早醒来后，在屋内又对此思忖一二，的确有些行动方案与诸位分享。"

　　王御使则对蒲先生一抱拳，面带愧色道："蒲先生本来探访狐女奇谈，却被我们卷入了事件，多有劳！惭愧！"

蒲先生拱手笑答："王御使无须客气。说实话，我反倒在李县令遇刺的调查中很得其乐。"说着，蒲先生正襟危坐，开门见山道："手法已得破解，接下来我们便应寻到刺客。既从手法上无从排查，我们便应自动机处入手。"

我、槐兄和王御使三人连连点头。

蒲先生继而道："对李县令的恐吓式行刺，无疑有一些风险。刺客究竟会出于何种目的执行计划？又将得到怎样的利益？今早我在屋内思忖，既然李县令独揽在广平县的审判大权，刺客便极有可能在此处得利。"

王御使连声附和："若是寻仇，想必不会如此。这一来只得引起李县令更加谨慎，加强防备更难以下手。"说着，王御使忽然一愣，连忙道："莫非是有人以此警示李县令加强防备？"

蒲先生笑着摇了摇头，说道："王御使多虑。若真为此，直接通知李县令便是，为何要用此等诡异复杂的手段？更不提李县令还被惊得从此染病身亡。若是真为了李县令，自然应当现身说法，解开杯弓蛇影的疑虑才是。"

听到此，我猛然一惊，连声问道："依着蒲先生的手段，刺客倒有寻仇的可能。如果刺客不时在夜里寻着机会发石击床，将李县令连连惊醒，却也是个可行之策？"

蒲先生、槐兄和王御使三人听到，顿时纷纷瞪大了眼睛。蒲先生忙道："有理！"随即转向槐兄："魏槐兄，卷宗上其他的行刺，可有李县令再听得声响而醒来的记载？"

槐兄摇了摇头："也确曾有得，但两次之后，李县令便在每晚强令十五名卫兵首尾相顾，团团围住厢房，整夜相守。但即便如此，他却依旧声称有人行刺，听到床响。在戍卫监视下，刺客靠近排水口只怕是没有可能。我想随后那些遇刺，当真只是他的臆想罢了。"

蒲先生恍然大悟，说道："魏槐兄所说有理，不只是十五名戍卫，你也曾提起前几月，李县令在午睡打盹时，竟也惊醒高呼有刺客？"

槐兄点点头。不等蒲先生再开口，一旁的王御使早咂咂嘴，不满道："这李如松县令当真窝囊至此，真是辱没了前朝名将的美名！"

蒲先生苦笑起来，说道："那么，既然刺客只在第一次刺杀中实际行动，我们便从周遭的变化入手，进而揣测刺客的意图便好。"

王御使听得忙问："这要如何调查？"

蒲先生笑道："要挟县令，怕是为了要他改判某些案件，而从中获利。我等不妨从四年前发生案件之时的卷宗入手，调查在刺杀发生前后，究竟有哪些案子发生了微妙的变化。即要查证在遇刺之前立案，遇刺之后李县令断案的案件。"

听得此言，我、槐兄和王御使三人连连拍手称妙。接着，槐兄便起身查点身后书架上的各式卷宗，一本本地翻看寻查。

趁着稍有的空闲，蒲先生惬意地向椅背上一躺，说道："这刺客使用的诡计，也真是十分新颖。并未直接下手，而是通过极具暗示性的假象，让被害者通过自己的联想，认定了自己生命遭了威胁。"说着他微微一笑："若世界上有最高明的刺客，定是依照这种方法来行动的。如有机会，我倒想和他攀谈几句，交个朋友。若是哪天我有了非解决不可的仇家，也能借鉴他的手法。"

王御使笑道："敢问蒲先生有何高招？"

蒲先生大笑两声，接着抱起双手，低头沉思片刻，道："这需要飞的协助，我先在仇家必经的街道上，寻个他看不见的角落和飞两人埋伏好。见他将要走近之时，假意对飞破口大骂，飞也当毫不示弱回骂。接着飞须得说出'莫要动刀，饶命'之类。随后，往自己身上泼些鸡血，惨叫一声倒在街头。那仇家见到，必会幸灾乐祸地报官缉拿，那时我再与飞一同反手告他诬赖。"

我听了笑道："蒲先生报仇之事，也要拉我下水么？"

蒲先生却咧嘴笑道："那是自然。"

王御使闻言哈哈大笑，道："蒲先生此计实在妙，恐怕即使我日后查起，也只能证实确实是仇家诬赖而已吧！"

话音刚落，我们三人不约而同地哄笑起来。

打诨的工夫，槐兄已寻着卷宗，为我们展在了案上。

"依着蒲先生的意思，我找出了记述四年前衙门受理案件的卷宗。上边符合条件的，一共有三件案子，请看。"顺着槐兄的话，我扫向了泛黄的卷宗，快速浏览起来。

第一件案子，是南边村头，一位姓王的农户失了牛，他怀疑这牛被邻居张家偷走了，于是前来投案。邻居张家的当家，被广平衙门当即捉下狱审查。然而，却丝毫查不出个所以然来，导致两家一时相持不下。过了不久，张家的儿子凭借一次偶然的机会，在南山寻着了一头失散的牛犊，报了官。但王家人一口咬定，自己走失的是力壮的耕牛，张家寻回的牛犊却不是自家丢失的。

正在这节骨眼上，李县令遭遇了刺客的威胁。

事后的第二天，县里的衙役将王家的老牛牵来了衙门。那小牛犊和老牛一经相见，登时连声啼叫，相互依偎在一起。目睹这情景的王家哪敢再加抵赖，乖乖相认。

浏览完毕，我见此案末尾处签着魏槐的大名，忙问："槐兄，此事莫非是托了你的福，才得解决的?"

槐兄连连拱手道:"区区雕虫小技，不值得在三位面前一提。"

我对槐兄一笑，便继续扫向卷中第二起案件。

第二件，是一位姓冯的书生，涉嫌谋杀了本县宋家的一家老小，被官府在南山抓捕下狱。虽然冯生矢口否认自己曾经杀人，但却有宋家的仆人见到凶手身着冯生的衣装，更因冯家素与宋家有仇，冯生又在事发当晚在南山被捕，疑似畏罪潜逃。

正在这节骨眼上，李如松县令的刺杀案发生了。

又过了三天，原本认定是冯生犯下的案子，却发生了翻天覆地的变化。衙门府内的捕快，搜集到了新的证词，证明案发当晚冯生根本不在现场，而是在南山背着儿子赶路。又考虑到冯生本是个文弱书生，哪有飞檐走壁的武功去翻进宋家灭门? 无罪的证据确凿，冯生便得以释放回家。

见第二案的证据充分，并无牵强附会脱罪之处，我便揉揉眼睛，浏览起第三案。

第三件，是关于村口酒店张掌柜的案子，正是我们抵达广平第二天中午所拜访的那间酒家里侃侃而谈的老板。一天，张掌柜酒馆里来了位不速之客，拿走一位客人的行李便往门外跑。张掌柜见了，奋起追出了酒店，却并没追上窃贼，空手而归。回到酒店，被窃走了财物的客人暴跳如雷，狮子大开口，称行李中有一笔巨款，威胁张掌柜尽数偿予他。甚至大叫张掌柜是和小偷两人串通一气，故意演出双簧偷了他的行囊。张掌柜气不打一处来，和那客人闹上了衙门，却被打入牢狱审查。

不久，李县令便遭遇了刺客的威胁。

没过几天，客人被盗的行李失而复得。打开行李，里边只有些零散的铜钱，哪有半分的银子？李县令将客人寻来对质，客人却依旧死不承认，说定是张掌柜的同谋偷了银子，而张掌柜哪里肯承认，两人一时僵持不下。后经过捕快调查，证实刁蛮的客人果然趁火打劫。李县令得知大为光火，狠狠打了那客人几十大板才把他放了。

王御使览毕，问道："魏槐兄，请问这第三起案件，是如何裁定的？"

槐兄笑答："在下略施小计，用书中的方法逼他就范。实在要为各位同行耻笑。"

王御使却连连拱手道："还请魏名捕道破其中玄机。"

槐兄这才答道："我看交回的行李很完整，深深怀疑这客人趁火打劫，妄图捞一笔好处。可想到此人行李中原有的金额，也只有他本人才知道，若是他坚决不承认，我们也没什么办法。这才是他有恃无恐的胆气所在。"

"那可要如何处置？"王御使忧虑地问道。

槐兄尴尬笑了笑："说来也很是惭愧。我估摸无法用证据，便只好凭借神鬼的方法。我将客人和张掌柜二人一并带去了寺庙，唬他二人寺院的钟有神力，佛祖听得这两人的心声便会告知此事的原委。"

蒲先生听了大笑，"原来如此。我本以为这把戏只是在评书中才能一见，没想到当真可用来断案。"

槐兄更加惭愧起来，忙拱手道："蒲先生见多识广，若那无赖客人认得这雕虫小技，恐怕真要束手无策了。"

我也笑道："果然是早在钟上涂了墨，手净之人在扯谎吗？"

槐兄笑道："正是，这把戏当真老掉牙了。"随即他继续道："我为故弄玄虚引两人相信，还请同僚的衙役打扮成犯人，让另一位衙役押着进去摸钟。随后同僚在屋内大喊：'尸首就埋在你家田里深五尺的坑中，还不如实招来？'那无赖当时就被吓得汗如雨下，看他战战兢兢的样子，不等害张掌柜染墨，真相便大白于众了！"

听了槐兄的叙述，我便在心中整理起这三件案子，简单罗列了共同之处：都是先有人遭刁民诬赖，而在县令遇刺之后很快翻案下了定论，并且证据全部确凿无疑。

"这样说来，这三案似乎并不需要威胁李县令，也可得以解决。"我狐疑道，"那么刺客却是出于什么目的威胁李县令，有何图谋呢？"

话音刚落，蒲先生点头答道："说起这三案，我认为第二件极可能与刺客有关。"

我们三人不禁纷纷问道："蒲先生如何下此定论？"

"第二案的量刑与第一、第三件完全不同。灭门之罪，倘若当真定了罪名，是轻则斩首于市，重则株连九族的滔天大罪。更何况在刺客行刺之前，案件的风向明显对冯生不利，冯生可谓危在旦夕。刺客的确有必要通过恐吓稳住县令，暗示他不得轻举妄动，进而等待转机。"蒲先生说着忽然一拍脑门，问槐兄道："魏槐兄，话说关于第二起案件中惨遭灭门的宋家，可曾缉拿真凶归案？"

槐兄摇摇头，面带愧色："此事是广平衙门的一大耻辱！我作为衙门府内的一员，难辞其咎。"言罢，槐兄长叹口气，缓缓道："刺杀宋家一家的真凶，时至今日仍然逍遥法外。我等衙役捕快，在排除冯生的行凶可能之后，竟然断了线索，无人可查。惭愧！"

蒲先生听了此言，道："如此一来，我便有充分的把握推定，刺客对李县令的威慑是为了第二起案件了。"蒲先生胸有成竹地一笑，继而说道："诸位试着从李如松县令的角度考虑，在南山抓捕冯书生归案之后，他定会料到如此一个文弱书生难以将一家人灭门，恐怕另有外人所为，甚至极可能是冯生雇来的刺客。接着，真正犯下灭门大罪的刺客又动手恐吓了李县令，警告他随时可以取他性命。于是李县令为求自保，担心冯生真雇了武艺高强的刺客。再追查下去，定会对自己不利！于是李县令便将冯生无罪释放。这是目前最合理的推论！"

我、槐兄和王御使听罢先是连连惊叫，又纷纷表示赞同。

蒲先生却忽然脸色一变，问道："说起姓冯的书生，莫非是张掌柜昨天提起的、娶了狐仙红玉进门的冯相如？"

槐兄听见，默默点头。

蒲先生一惊，呢喃道："这就奇怪了。"说着他低头抚着下巴，愁容满面道："听张掌柜提起，冯相如家中妻离子散，一贫如洗，这却如何买凶杀人？"蒲先生言罢，垂头不语起来。

忽然，他又失声惊叫，猛地抓住了槐兄的双臂，大声问道："魏槐兄，冯相如究竟都经历了什么事情？张掌柜说他的父亲被恶霸打死，妻子被抢去，又道恶霸已死。卷宗上提及遭灭门的宋家便怀疑是仇家冯相如杀人。难道正是宋家打死了冯生的父亲，抢了他的妻子？却在四年前遭了灭门之祸？"

槐兄被蒲先生激烈的反应一惊，随即他连连点头称是。

王御使却沉默不语，凝重地叹了口气，问槐兄道："这广平的恶霸宋家，是何时到此的？"

槐兄闭了眼，皱着眉苦苦思索，答道："大约是九年前。"

王御使顿时一怔，忙问："魏槐兄可见过这宋家的当家？大约是什么长相？"

槐兄回忆道："七尺身高，肥头大耳，大腹便便，走路因肥胖有些蹒跚……"槐兄话音未落，王御使早失声惊呼道："这厮是宋平云！"

　　见我、蒲先生和槐兄三人不明就里，王御使连忙解释道："十年前，此人连同右都御史武天成，设计陷害当朝左都御史张青云，致张青云遭满门抄斩，无一活口。不到两月，朝廷为张青云平反，圣上亲自下旨斩杀武天成，却被宋平云连夜逃走，竟不知所终。如此多年来，我每到一处，便要趁着办案的空闲与人探听宋狗贼的下落，不承想这厮居然在此又作威作福了将近五年！可恨，可恨啊！"

　　王御使说着，牙齿咬得咯咯作响。蒲先生忙问："究竟是……"

　　王御使恨恨说道："蒲先生难道忘了十年前左都御史张青云的大冤案？实不相瞒，我正是受了张青云先生的提拔，得以自督察御史青云直上，一路升到右佥都御史。宋平云那时还是左佥都御史，这厮素好收受贿赂，包庇那些好贪污的狗官，又仗着家中家财万贯，不停行贿巴结上司。我屡次打算弹劾他，却被张青云先生劝住，称左右两个副都御使都受了他的贿赂，我若上报定遭不测，由他想办法。

　　"事发那年，张青云先生首先一纸密状告发宋平云受贿，却不想这厮从哪里听了风声，竟买通右都御史武天成，反告张青云先生诬赖。皇上左右为难，便差了钦差调查，却不料这钦差也受了贿赂，报告在宋平云家中一无所获，却在张青云先生家中搜出了黄金万两，一口咬定是张青云先生诬赖宋平云狗贼。那鞑靼皇帝也未曾多想，处决了张青云先生。行刑当天，街道两旁的百姓沿街恸哭相送，却依然不能挽救张青云先生的性命，唉！"说着，王御使抬袖擦了擦眼角。

　　"所幸，百姓恸哭送行的义举让鞑靼皇帝察觉到事有蹊跷，这次他秘密派遣五名钦差，相互独立再次查案。有三名钦差回报，宋平云家财万贯，妻妾成群，仆从遍地，平日里嚣张跋扈；而张青云先生家中未有半点奢侈装潢，只留下一对衣着简陋的仆人夫妇顾家。至于另两名钦差所言却截然相悖。此事至此才引起皇上的重视，他亲自微服私访了两家，张家仅剩的两位仆人披麻戴孝，努力打起精神相迎，上了些热茶招待，简单寒暄了几句送走了客人。然而待皇上去宋平云家拜访，却被宋平云家中身着绸缎衣饰的恶仆挡在门外，讨进门费。皇上怒气冲冲地回朝，当即下令斩杀了两名诬赖的钦差，更将那伊始诬赖张青云先生的钦差凌迟处死。随后连夜下旨，勒令捉拿宋平云和武天成归案。第二天，武天成上朝，当场便遭卫兵擒获，而这宋平云不知又从哪里听了风声，连夜带着几名家眷逃离了京城。

"皇上立即判了武天成满门抄斩，却不见了始作俑者宋平云。余怒未消的皇上拿下宋平云剩下的家仆，统统处斩。又派遣钦差带上禁卫军连夜直奔宋平云的杭州老家，却依旧不见宋平云的踪影。皇上怒不可遏，下令将宋平云在杭州的家人统统斩杀，才暂且作罢。"言罢，王御使撇嘴说道："若在广平遭灭门的恶霸果真是宋平云，此事的凶手非但不会受罚，圣上更要降下奖赏！我之前曾听传言，张青云案发当年，家中千金正巧出行在外，虽未遭捕获斩杀，但至今下落不明、生死未卜。这十年来我奉朝廷的指示四处查访，丝毫不忘寻找宋平云这狗贼的下落，以及张青云先生千金的栖身之处。也罢，若如今宋平云狗贼一家在此尽遭屠戮，想张青云先生一家在天之灵，也得以稍稍安心吧！"

王御使道破了心结，又逐渐恢复了理智。随即他长舒口气，道："如此说来，这狗贼逃到广平隐居期间，想必更是在此作威作福，欺男霸女，这对狗贼来说已属稀松平常，只是可怜了广平的冯生一家惨遭毒手。宋狗贼遭遇灭门，真是天道循环！"

我沉重地点点头，道："如此说来，想是被害得家破人亡的冯生，雇凶杀了宋平云一家？"

　　蒲先生却摇了摇头："事有蹊跷，这宋平云平日定有家仆相护，普通人怎能轻易得手？否则怨恨宋平云的人家众多，但凡有不惜命的，揣着匕首在街角偷袭，这狗贼早一命呜呼了！更不提真凶至今未明，此人定是高手，冯生一介终日守家苦读的秀才，又从哪里认得这样的高人？我更不提他那时身无分文，没有给刺客的酬金了。"

　　我听了忙道："但若以此而论，杀死宋平云狗贼一家的老练刺客，究竟是什么身份？莫非当真有行侠仗义、浪迹天涯的游侠？"

　　槐兄却听我半开玩笑的话惊叫起来："诸位，有人曾听说过'霹雳火'的传闻么？"

　　王御使一挑眉："秦明？"

　　蒲先生顿时哑然失笑："王御使果然好《水浒》。只是魏槐兄所提及，恐怕是在江湖间广为流传的杀手团'霹雳火'吧？"

　　槐兄连连点头，而我和王御使却依旧一头雾水，完全不知所云。

　　蒲先生见状道："想是王御使平日忙于业务，飞在衙门府并未经常与江湖人等打交道的缘故吧！事实上，我也是四处收集奇谈的时候听人提起。据说自从旗人入中原烧杀抢掠起，有一伙武艺高强的飞贼组成杀手团，自称'霹雳火'，他们四海为家，伺机袭杀旗人派遣至各地的官员，以及无恶不作的土豪恶霸。魏槐兄难道认为……"

　　槐兄赔笑着摆摆手："并不。当前'霹雳火'仅仅是江湖中的传闻，我从没见过其中任何一员。刚才只是偶然想到，随口一说而已。"

　　蒲先生点了点头："的确，一贫如洗的冯生无从雇凶杀人，却有天降奇兵为他报仇雪恨。这路见不平拔刀相助的举动，正是侠士所为。曾听得'霹雳火'名号的，难免有所联想。但未经排查前，我们还是应当保持谨慎态度，审视李如松县令遇刺之事。何况冯相如虽有证词证明并无行凶可能，但他却在案发当晚在南山被捕，很有听到风声逃跑的意思，不可不慎重对待！"

槐兄听蒲先生一番话，连连点头称是。

蒲先生又道："首先，我们当先行了解宋平云与冯相如两家之间，究竟发生了怎样的过结。既有杀父之仇也有夺妻之恨，想必冯相如曾前来衙门府报案。魏槐兄，可否取来当年的卷宗一阅？"

槐兄微微点头，转身利落地拨过书架上的册子，挑出一本，刷刷翻过几页，便递给蒲先生。蒲先生道了谢，接过册子浏览起来。

半晌，蒲先生茫然地抬起头，只见他满眼悲伤，木然道："这状子，是冯相如告宋家派了家仆，强行抢了他妻子，惹了冲突。其间，冯相如的父亲身受重伤，第二天不治而死。"言罢，蒲先生重重叹了口气，随后嘴角露出了一丝嘲讽的苦笑，自言自语道："可各位请猜李县令对诉状的批注是什么？'此案不足以证明是宋家刻意授意仆人所为，不予受理。'"

我顿时气愤地喊道："证据不足？被抢走的妻子、被打死的父亲，况且冯相如被强抢走的妻子，除了宋家还会在哪里？宋平云至少当有管教不严之责，那些恶仆自当被捉拿归案偿命！"

王御使冷笑一声，道："前几次案中，李如松有酷爱先缉拿被告，再审理办案的习惯，在此却不适用了？哼，真是死有余辜。"

听王御使对逝者如此刻薄，我颇想劝他"死者为大"，但想到李如松的种种可鄙行为，我却冷冷想到，如此之人怎值得为他求情？

蒲先生却并未继续落井下石，而是问道："魏槐兄，为何此处只有一次冯相如前来投案的记录？杀父之仇和夺妻之恨，他怎可能轻言放弃？"

槐兄深深叹了口气，答道："正如蒲先生所言，冯相如一次次抱着孩子前来衙门伸冤无果，但李县令坚持不肯受理。后来他的邻居随行壮势，来衙门擂鼓喊冤。却无奈那李如松县令依旧不予以理会，心烦了，竟催我们将冯相如和他的邻居赶走。我于心不忍，好心劝他们广平衙门不是出路，上告方是良策。"

"魏槐兄所言有理，冯相如可曾采纳上告？"蒲先生问道。

"有过，但答复依旧是证据不足，不予受理。"槐兄摇了摇头，道，"我听人说，冯相如将状子告到了省督抚，却依然不得出路。不仅如此，几番进城还花去了仅存的积蓄。毕竟冯相如尚有年幼的儿子养活，便只得作罢。这冯相如甚是可怜，年幼丧母，本与父亲两人相依为命。娶妻生子已是难得，却被歹人夺妻杀父，只剩自己和年幼的儿子。"

王御使顿时义愤填膺，喊道："我倒要查查，是何人就任当初的省督抚，非叫他吃不了兜着走！"

蒲先生也无奈地叹口气，便重提正事，问道："冯相如的亲家是哪里人？女儿被歹人抢走，怎可能会无动于衷？"

槐兄默默答道："不只被抢，据说他妻子在宋家大闹两日，绝食而死。既然冯相如的妻子肯投奔家境并不宽裕的冯相如，容我冒昧猜测，可能自己已是走投无路、举目无亲之人吧！"

蒲先生点点头，猛然起身，说道："既如此，不如我们四人亲身去冯相如府上拜访如何？"槐兄答道："那不如先行拜访冯家的邻居乐家。这两家人世代相熟，当年帮助冯家壮声势闹衙门的便是他们。若我等托词为了替冯家沉冤昭雪，乐家想必倾囊相告。"

王御使早等不及起身，一拱手，严正道："魏名捕不必提'托词'二字，我正有为冯家讨个公道的意思！"

于是，我们四人迈开大步出了衙门府，直奔冯相如邻居乐家而去。沿途，槐兄将他所知乐家与冯家的渊源，与我们三人略略道来：乐家在广平世代为农，与秀才世家的冯家世代为邻。每一代乐家的子弟，儿时都会送去邻家，与冯家的孩童一同读书长大，这让两家人世代交好。当年冯相如与孤儿相守空房，四处伸冤的时候，多亏了乐家全力接济，才得以勉强度日。而乐家为了接济冯相如，据传自家曾被逼到挖草根为食。至于冯相如日后发迹，果然不忘旧恩。他送给乐家几片良田，随后干脆将田间事务悉数托付。此事在广平作为投桃报李的美谈，被人们广为传颂。

槐兄说着，我忽见一座气派的府邸，只见灰色的围墙约莫有两人的高度，正门口的两扇大门红得发亮，上边雕着金色的狮子作为装饰，很是气派。想必这便是本县大户，举人冯相如的宅邸。想到四年前冯相如还穷得揭不开锅，如今肥田连片，家财万贯，住进如此气派的豪宅，我不由赞叹狐仙红玉，竟有手段发家致富到这个程度，实在令人叹服。想到这殷光辉的成就，我不免心生狐疑：红玉当真如蒲先生推测，不是狐仙吗？

槐兄停下脚步，对我们指了指身后与冯相如家正对着的大门，我这才恍然大悟，原来乐家与冯家隔道相望，真不愧是世代交好的邻里。

槐兄上前轻叩几下，一位憨笑的中年人便打开了门。见得槐兄，他抱拳道："魏名捕，多谢历来的照顾！这几位是？"话音刚落，蒲先生抢先道："我等四人，是为冯家与宋家当年杀父夺妻的官司而来。这位御史王索，是朝廷派遣的命官，只愿彻查此事，为冯家讨个公道，以告慰冯举人父亲、妻子的在天之灵。"乐家当家听到，顿时连连拱手，不停说着苍天有眼，随即彬彬有礼地引着我们四人进了屋。

落座毕，乐当家喊来仆人，为我们沏来浅浅飘香的茶水。我们四人纷纷道了谢，蒲先生便请乐当家将当年一切的始末娓娓道来。

第五章　狐女传说

乐当家清清嗓子，郑重道："冯骜，冯相如的父亲，与我自小相识。当年我们两人师从骜的父亲，在他的教导下长大。"回忆起当年的美好，乐当家露出了温馨的表情，"先生非常严格，这点被骜一丝不差地继承了下来。小时起，他便是个严厉又教条之人。待我有了孩子，与相如一同在骜的门下读书，更觉骜的严格与钻牛角尖丝毫不逊于先生。然而骜又传承了先生的另一点，虽在教学礼仪上严格，对学生却是无微不至的关怀。

　　"想我还在先生门下读书的时候，一次身体不适，忍不住在他讲课时呻吟了两声。先生连忙丢下了书本上前，我原以为他要责备，而他却看了看情况，亲自找来郎中问诊。随后，又亲自替我熬药，生怕其他人出了半点差池误事。恢复之后，先生责备我身体有恙应早早说明，免得父母老师担心。见我紧张不语，他轻轻地抚着我的头，称遇到困难寻亲近之人相诉，也是对朋友和亲属表达信任的方式。后来，那天受了先生相请的周郎中，问诊中听我讲明来龙去脉后大为感动，也送儿子来到先生门下。经先生的悉心调教，那喜欢恶作剧捉弄人，不学无术，只顾调皮捣蛋的周家儿子，很快被教导得服服帖帖。当今，他正是广平县的第一名医周彦宁。

"至于先生的世家，向来因礼数周到，知书达理，在本县广受好评。可惜先生离世后，鳌的妻子不幸病倒，也撒手人寰。让全部家务落到了鳌的肩头，他日夜操劳间，还需兼顾读书科考，再没有时间设学堂教导，很是可惜！"乐当家满怀感慨地说道。

忽然，他拱手连声道歉："各位此行本是为相如之事，几乎忘了！害诸位听我这老骨头闲话了不少年轻往事，失礼，失礼！"

接着，乐当家叹了气，道："言归正传，五年前的一天，我听对门的冯家门前吵吵闹闹。出门查看，原来是宋家一群仆人在嚷嚷。他们敲开冯家大门，称有事相谈。相如刚刚开门，便被这一群人乱哄哄拥进了门。不一时，就听到鳌震天响的骂声。"

蒲先生点点头，问道："宋家的仆人去冯家何干？"

"宋淫贼，还能何干？"乐当家满面厌恶地说道。随即他意识到失态，连称抱歉，又道："他看上了相如的媳妇，那天派去一群痞子家仆，要买走那媳妇给自己做妾。这岂不该骂？鳌骂走了那些泼皮，便气哼哼地敲开门，对我讲起此事。谁承想，第二天宋淫贼竟又派出一群恶仆，不由分说砸开了冯家的门，闯进去，把爷俩一顿毒打。那天我在家中听到冯家传来喊声，急忙跑出门查看。见那淫贼的奴仆撒野，我上去便打，却不想被那群歹徒包围一顿打，抬起来丢出门外。

"我趴在地上，心想定是地痞们昨天遭了训斥怀恨在心，前来报仇发泄。谁承想竟是前来强取豪夺，抢走相如媳妇的！我就直挺挺躺在门外，眼睁睁看着他们抬着披头散发、拼命挣扎的相如媳妇扬长而去。真是一群飞扬跋扈、无恶不作之徒！唉！这必定是宋淫贼指使的！"听乐当家讲起当年所见，我暗自攥紧了拳头，只恨不能冲进当年的冯家，将这些宋家的恶仆一人一枪统统戳个血窟窿。但，这却只是我荒谬的设想罢了。

"过了小半个时辰，媳妇见我迟迟不回，急忙出门寻找。她刚出门，便见我躺在街上，哭着上前问我怎么样。我逐渐缓过来，对她讲大事不好，扶着她挣扎起身，一瘸一拐往冯家走。刚进门，我便听到冯家孩子的哭声。我喊媳妇搀着我到床边，却看相如满脸是血、倒在地上呻吟。我坐在床上，求媳妇把相如扶起，让他别躺在地上。相如脸上满是鼻涕、眼泪和血污，他求我媳妇去看骜和他儿子福儿。媳妇先去内室抱来福儿，交给躺在床上的相如。相如失声痛哭，却努力安慰起福儿来。而见到倒在门口的骜，媳妇吓得叫喊起来，我惊问她怎样。她说骜的手腕被恶贼整个掰断，白花花的骨头露了出来。相如听到顿时哭了出来，福儿也跟着大哭。我安慰了相如两句，咬牙起身前去查看。果然骜的右手腕皮开肉绽，他全身的衣服几乎尽数被歹徒撕了个粉碎，身上布满大片大片的瘀青，嘴里含糊说着什么。

"我见情况不妙，连忙叫媳妇去请彦宁医生。很快，她带着彦宁匆匆赶来，彦宁看到骜的惨状大为震惊，他简单替骜包扎之后，抱着他放在床上，便匆匆跑回家喊了帮手，几个人一同救助身受重伤的骜和相如爷俩。

"我四下巡视屋内的状况，只见器具家具，尽数被砸得粉碎。我喊媳妇好生照顾相如的独子福儿，自己咬着牙下地，取来扫帚收拾地上一片狼藉。到晚上，彦宁为我简单处理后，要我回家休息，相如虚弱地求我媳妇代为照顾福儿一晚。我则吩咐彦宁在冯家留下了人手，才和媳妇带着福儿回了家。

"第二天我一睁眼，便翻身下床，赶去冯家查看情况。相如支着拐杖为我开了门。我进门见彦宁和几名帮手依旧在手忙脚乱打点着骜。彦宁见到我，拉我到一旁，说相如的情况不必担心，过一个月便能痊愈，也不会落下残疾。而说到骜，彦宁口气沉重，说骜九死一生，不但受了内伤，即使侥幸得以活命，右手也将就此落下终身残疾。我想冯家的家务原本由骜一手把持，若是落下了残疾，可如何是好。而彦宁早转身继续为骜处理伤势了。

"我看看时候不早，连忙回家，要媳妇准备了骜父子两人以及彦宁和他助手们的伙食。接着我和媳妇将伙食统统搬去了冯家。相如看见，流着泪连声称谢。彦宁勉强一笑，称了谢，便继续处理骜的伤势去了。过了半个时辰，骜躺在床上渐渐恢复了意识，他睁眼看到彦宁，对他微微颔首致谢，喉咙里发着干哑的声音。我此生从没见过骜那时流露出的凄惨眼神。

"相如跪在骜的床边，问骜可要饭食。骜睁着眼睛微微点头，相如便丢去了拐，盛起饭，颤抖地用勺子往骜的嘴边送。骜勉强地扭过头，张口吃了米饭，费力嚼了几口。忽然……"乐当家忽然住了嘴，他双目紧闭，泪水簌簌而落，右手紧紧捂着嘴不肯开口。

我、槐兄、蒲先生、王御使四人，紧皱着眉头，悲痛地看着乐当家。

"骜……骜他……"乐当家再也控制不住情绪，失声痛哭。

我们纷纷垂着头，一言不发。空荡荡的屋内，回荡着乐当家撕心裂肺的哭喊。目送儿时知己，饱受摧残后咽下最后一口气，这切肤之痛，我这样的旁人永远无法体会。

"原……请原谅我的失态，各位……"乐当家抬袖擦着脸上的一道道泪痕。

足足过了半炷香的工夫，乐当家才逐渐平复了情绪，鞠躬道："万分抱歉，因为我的失态耽误了诸位的宝贵时间。"

王御使连忙起身，鞠了更深的一躬，道："乐当家，此事当朝该负起全责。我怎敢再接受您的歉意？"

乐当家没有言语，只是又鞠了一躬。随即落座，道："鹜……刚咀嚼两口，忽然大声咳嗽起来，被鲜血染红的米粒喷洒在床榻上。彦宁大惊失色，连声叫喊鹜的名字，但是鹜却瞪大眼睛，再没有了回应。在场的人登时哭成了一片，相如更是哀号不止。半晌，彦宁垂着头，对相如说道：'没能救回鹜，我实在无颜再见，只愿相如公子准我全数负责鹜的丧葬费用。'相如只是大哭，没有责怪彦宁，也没拒绝他的意愿。

"鹜刚入土，相如便一手拄着拐杖，一手抱着福儿去衙门流着泪告状。但谁承想那贪赃枉法的李县令竟然不肯受理，说什么证据不充分的鬼话！他竟把诉状丢给相如，要他莫再叨扰！

"我那天见相如哭着回来，便扶住他，问李县令的说辞。听罢相如声泪俱下的陈述，我气得浑身发抖，之后便叫齐几家人一起，我亲自在衙门外擂鼓，相如大声喊冤，却不见一人出门相请。我擂了半个时辰，依旧不见那狗官升堂，气得我当即闯进衙门，拎起鼓槌指着李鼠辈破口大骂。那李鼠辈满脸通红，连声呵斥捕快赶我出门。我被四周的捕快驾着，强行拖出门外。我正要对他们发火，却是魏名捕，劝我和相如两人道：'李如松胆小鼠辈，无法指望。当去他处上告。'我和相如两人深感魏名捕言之有理，我便帮相如备齐了盘缠，替他照顾福儿，要他进城上告。谁想到过了一个月，相如又垂头丧气回来了。一问，竟说省督抚都不肯受理。而相如每日耗在城里，花光了盘缠，却听不到半点回音，眼看就要被迫以乞食为生，便只得连夜返回。我一听，气得一顿大骂，竟无计可施，断了翻案的念想。没想到如今过了将近五年，朝廷终肯受理。只可惜宋淫贼已死，逃过了惩罚！"

"乐当家，听说冯举人的妻子被掳走之后大闹三天，绝食而死？"蒲先生问道。

"很遗憾，相如的媳妇的确死在了宋淫贼家中，但并非绝食，而是投缳自尽。"乐当家说着又叹了口气，"不久，有游侠替相如报仇雪恨，将宋淫贼一家赶尽杀绝。那之后，相如才求李鼠辈，讨回了媳妇的尸首。我和彦宁看相如家徒四壁、身无分文，又筹了些银子为他买了丧葬的衣棺，将她媳妇入土下葬。定是相如的媳妇不愿屈从宋淫贼受辱，寻着机会自尽了吧！虽所谓妇从一而终，却可惜了相如那贤惠媳妇的一条命啊！"

蒲先生和槐兄二人听乐当家提及"游侠"一词，当即交换了眼色，但蒲先生并未追问，却转而问道："冯举人的亲家，乐当家也曾有耳闻？女儿遭歹人劫持，他们却未曾出面相助，一并控诉？"

乐当家点点头："相如的媳妇大抵在六年前嫁入了冯家，据相如所言，是他往南去六十里的吴村娶回的。当时吴村的卫家看他仪表堂堂，便分文未收，嫁了媳妇给他。说来两年间相如的媳妇似从未回过娘家，只想亲家大概不知当年相如一家所遭遇的不测。也可怜卫家没了漂亮女儿。"我听得，不禁随口问道，"槐兄可知这家同姓人？"

"哪里，禁卫之卫与魏阙之魏，怎能混淆？"槐兄笑答。

蒲先生随即问道："冯举人的亡妻卫氏如何？"

乐当家微微叹声，道："只可怜那般美丽贤惠！未遭浩劫的日子，相如和媳妇两人恩恩爱爱。虽然曾听鸷提起，卫氏有时不知何故独自落泪，但她与相如两人却是相敬如宾的夫妻。却没想到日后竟遭宋淫贼的毒手！好在苍天有眼，相如当今的媳妇红玉，也是落落大方的贤惠美人。"

"乐当家可与冯举人当今的妻子红玉熟络？"蒲先生问乐当家道。

"认得，认得。相如当今的媳妇红玉可谓天下无双。既然肯在他走投无路之际前来投奔，已属义薄云天，哪敢奢望竟有如此手段，将冯家经营至当今的名望？我对她实在敬佩！"乐当家感慨道。

"曾听小道消息，冯举人与现妻红玉两人，本在多年前早已相好，却在当年未得相守？"蒲先生面带惭色地拱拱手，问道。

乐当家叹口气，道："诸位既是朝廷命官，小民也不再隐瞒。实话说，相如和他的现妻红玉，早在与卫氏成婚前，本就打算私订终身。只是卿卿我我间被骜抓个正着，当场两人遭了一顿骂。骜对相如与外人私通，不肯苦读恼恨不已，当即斥走了红玉。"乐当家又无奈道："第二天骜与我愤愤不平说起此事时，我想他家境贫寒，既有女子看中相如与他相好，正当顺水推舟成就好事。既给相如施恩，又不愧对祖上。哪知骜却似着了魔，甚至还对我发起火来。我见势头不好，只得收回前言，依着他的意思，说了几句相如瞒着父亲与野女子私通，是大不敬、大不孝之类。骜的脾气，我真是再熟悉不过。"

闻得此言，我心想冯举人父亲骜果是教条倔强之人。想冯举人在众多宋家仆人上门时未曾过激反抗得以活命，反倒是大骂不停的冯骜遭暴打丧命。再想苦读一生的冯骜不过秀才，未及而立的冯相如却做了举人，正应了识时务者为俊杰的道理。

思忖间，乐当家起身拱手道："诸位大人既特为相如之事远道而来，不如我现在就与相如通报，要他安排酒席接待诸位，也让相如亲口与诸位命官陈情，如何？"

"求之不得，劳烦乐当家引见。"蒲先生连声答道。

不一时，乐当家又和颜悦色进了门，拱手道："四位大人，冯举人相如有请。"

于是，我们四人纷纷起身，随着乐当家进了冯家的大门。进了宅邸，我嗅到室内熏着淡淡的麝香，搭配些唯美的画作，颇有人间仙境的意味。乐当家请着我等四人纷纷落座，便转身前去寻冯举人去了。

初见冯举人，只见他身长八尺有余，生得眉清目秀，齿白唇红，纤瘦的身躯裹着件深蓝马褂，举手投足间风度翩翩，彬彬有礼而不显迎合奉承。有大儒士的淡雅华贵，却不见书呆子的迂腐矜持。见如此气质，我不由感叹不愧是往邻村一走，便得佳偶争相许配的才子。

冯举人轻轻拱手，道："四位大人的来意，小民已听叔叔提了。劳烦诸位饱受旅途之苦至此，小民诚然惶恐。"说着，冯举人又频频作揖行礼。见我四人纷纷抱拳回礼毕，冯举人才轻轻行至桌前落座。

蒲先生对冯举人笑笑，道："来龙去脉的大概，我等已听乐当家说过。在此，要冯举人重提不快往事，请容我们先行致歉。"

王御使也连忙抱拳道："时至今日，朝廷方才差小官为冯举人沉冤昭雪，实是官府的失责，冯举人见谅！"

冯举人尚未开口，却见蒲先生和王御使两人已经接连致歉。他颇为惊讶，慌忙连称不敢，毕恭毕敬地欠身答礼。礼毕，轻轻叫过身边的仆从上茶。

不想，屏风后忽然转出位画中美人，只见她身着飘飘红衣，头戴金钗，面上洁白如玉，五官精巧端正，细腻如脂的手指，端着茶壶飘然近前，仿佛翩翩起舞的红蝴蝶优雅柔美。我见得不由怔住，想古时有沉鱼落雁之称的西子、昭君莫过如此。

愕然间，如银铃般清脆的声音早传入耳畔："妾闻朝廷命官特来为相公伸冤，特奉上品茗茶，以表万谢之意。"

待到她礼毕，我才猛回过神，笨拙地连连抱拳回礼。

回过神，我思忖眼前的倾国美人定是狐仙红玉，真所谓艳而不妖、娇而不媚，远胜我原本想象中的面貌百倍。窥得如此真容，我不禁怀疑，这般女子，当真只应天上有。而狐仙不经意间已再度飘然而去，只留下令人回味无穷的淡淡幽香。

待红玉再次转入屏风，冯举人方才与我们四人说起事情的原委。

提及那时与父亲冯骜两人相依为命的冯举人，是如何得以与红玉相识相爱，他笑笑，坦然答道："六年前，夜，月下读书间，我隐隐察觉东邻墙上有人相视。我起身，见红衣美人在墙头窥视，我走近，见她面露微笑，便大胆请她共度良宵，两人得以相识。"

见我四人都是一副难以置信的面容，冯举人笑道："内人本是狐仙，有些超越常理之处，请诸位大人莫要见怪。"

听冯举人亲口道出此言，我大惊失色。想蒲先生先前信口开河，竟断定红玉只是被误传为狐仙的凡人，不禁在心中暗暗数落起他来。

随即，冯举人讲他与红玉两人夜夜相守。过了半年，却被父亲冯骜发觉，当即两人遭了狗血淋头的一顿痛骂，冯骜怒斥冯举人不顾家中清贫，不刻苦反学淫荡事。更指责此事若为外人所知定将败了世家名誉。冯举人和红玉两人流泪盘算，想恐怕即使寻了媒人引荐，父亲也定会一口回绝，绝望中两人抱头痛哭。

"内人当晚对我流泪道：'既无法与君相守，也请为君寻个佳偶。'我哭着求她等些时日以求转机，她却头也不回离开了。第二天，她带来四十两金子，说这是为聘娶配偶的彩礼，随即说起南六十里的吴村，有位美丽贤惠的卫氏当以此重金迎娶。我流泪推辞，她却径直离开。人们都以为我分文未出，便娶回贤惠亡妻，但却是我不愿与人提起曾受内人资助，才得以提亲的缘故。"冯举人说着，眼角有些湿润。

听红玉竟有如此巨款，非但如此，竟携金夜行，翻墙入宅并悉数授予冯举人，我愈发确信红玉的狐仙身份。

随即，冯举人讲到他说服父亲冯鹜，租了车马仆人行至吴村，寻着卫家提亲。卫家起初虽听得冯家名望，却犹豫不肯答应。直到冯举人出了黄金四十两作为彩礼，才得卫家夫妇点头应允。之后，卫家在约定之日，月花轿将卫氏送到冯家。果然如红玉所言，卫氏是美丽大方，又聪明贤惠的佳偶。

听到此处，我心中忽生感慨：想红玉与冯举人两人相知相爱，订了终身，却因父亲不准成了败德淫荡。反观冯举人与卫氏，两人仅是一面之缘，却因父亲应允得以成眷属。想来，红玉之事不成并非因"不读书，反学淫荡事"为由，反倒只因……

随即，冯举人又讲过他与卫氏两人恩爱两年，忽然宋家仆人上门，求重金购得卫氏，直到卫氏遭夺，冯鹜遇害，卫氏不屈投缳自杀，冯举人屡屡报官却被一概驳回之事。其经历与乐当家口中所说并无二致，故不再赘述。

冯举人说到进城投案无果，没了盘缠只得回乡之后，忽而目光呆滞，道："我见报官无路，便盘算亲手复仇。我在家数次茫然挥舞菜刀演练，但想宋狗贼侍卫众多，当街恐难以得手，却反为所害。何况家中仅剩独子福儿一人，倘若我有了闪失，又有谁来抚养？再想我无论得手失手，宋狗贼的那些家仆党羽势必不会善罢甘休，定要牵连福儿偿命。

我怎能为求复仇一时之快，连累年幼无辜的福儿？"

蒲先生听了连连称赞："冯举人不愧深明大义。只是日后宋狗贼遭人所害，此事冯举人可曾有了解？"

冯举人苦笑起来，道："此事，我并没有对李县令尽以实情相告。既然诸位特来查案，我也便不再隐瞒，将来龙去脉与各位讲明为好。

"那时，我心灰意冷，放弃了投案和复仇的希望。只是一心盘算，先抚养福儿长大，待他有了自己的主意，我再作复仇之计。一天傍晚，我听门外忽然传来敲门声，心想除了每每推门而入的乐叔叔，还会是什么人敲门造访？

"推开门查看，我见一位彪形大汉立在门前。那人甚是威武雄壮，四方脸，生着卷曲络腮胡，很是骇人。我心想此壮汉素未谋面，定是宋狗贼雇来侦查的保镖侦探。我便故作热情，请他进屋少歇，以免他吵闹，引来宋狗贼瞩目，再遭不测。

"不想此人无动于衷，开口便问我可忘杀父之仇、夺妻之恨。我听得，更笃定此人准是宋狗贼派来的侦探，忙赔笑道，往事无从改变，我不再计较。岂料大汉突然大怒，眼睛瞪得几乎撑开眼眶，牙齿咬得咯咯作响，胡须气得乍起，喝道：'原以为你是个有识之士，不想竟是如此的胆小鼠辈，我看错人了！'那壮士言罢径直往门外走。我心中一惊，想此人若是宋家的侦探故意激我，也当留下继续观察我的反应，而非转身离开。我料此人定不凡，连忙追上，与他诉说若我对宋狗贼动手，只怕福儿必将受牵连。

"我偷偷打量他，见他身强力壮，爽直豪迈，猜他是个四海为家的游侠。我灵机一动，心想何不将福儿托付给他，与他一同浪迹天涯，不再受困。而我也得亲自报仇，即使葬身敌手，也可去泉下与父亲、亡妻相聚。

"却不承想彪形大汉答道，照顾孩提是妇人生意，他不为，报仇雪恨才是本行。我听了连连称谢，忙问他姓名。他只道：'事成不受谢，不成不受怨。'我看他离开，料想此行宋狗贼定生祸事，倘若成事也罢，若一旦失手，宋狗贼拿了侠客，向广平衙门告我买凶杀人，我哪有分辩的余地？想罢，我急寻可投奔之处，猛然想到吴村的亲家卫家。虽两年间从未再见公婆，但即使他们不接纳我，也毕竟不会拒绝福儿这卫家亲骨肉。至于我，孑然一身浪迹天涯也是无妨，更能亲自动手报仇。

"下定决心，我便背了福儿出门，一路向南走去。岂料行至南山，身后忽然喊声震天，衙役们一拥而上将我狠狠摁倒。他们一口咬定，我杀死了宋狗贼一家。我护着背上的福儿，求他们先放我回家，把福儿暂且寄托在乐叔叔家。哪承想追来的人里，竟有宋家的恶仆。他们夺走福儿扔在地上不管，又生生将我拖回衙门。幸亏福儿命大，被红玉寻着抱回，日后才得重聚。至于我上了公堂，狗贼家的恶仆一口咬定我杀了宋狗贼全家，要我偿命。"

蒲先生听罢，扭过头与槐兄道："如此说来，宋狗贼果真为侠客所杀。"

槐兄俯首道："莫非真是'霹雳火'所为？如此说来，江湖传言不虚？"

冯举人听得一头雾水，连忙拱手问道："鄙人才疏学浅，敢问大人方才所提及的'霹雳火'，是？"

蒲先生连连拱手："失礼。我曾听人说起，江湖上有一伙武艺高强的侠客，自称'霹雳火'，专好打抱不平，除暴安良。"冯举人听得连声称奇。蒲先生又问道："冯举人，在行至南山的路途中，可曾有些异样之事？"

冯举人眯着眼回忆起来，道："并无蹊跷之处，只有进山前，与村头张家儿子相遇，他们见我只身上山，便分了一柄火把与我，并在前方开路护卫。我对张天奇先生一家的义举，至今感激不尽。恐怕不是他们，我早已葬身狼腹吧！"

蒲先生连连点头，道："冯举人，实不相瞒，正是张天奇之子为您撇清了嫌疑。衙门收集张家儿子的证词，才得知当天他始终跟领在您身前进山，为您提供了不在宋家行凶的证据。"

冯举人长舒口气："苍天有眼！"随即又道："至于被拿去衙门后，李县令附和宋狗贼的恶仆，坚称是我杀了宋狗贼一家。我原想道出侠客，但想若一旦说出，岂不成了雇凶杀人？于是我只辩明自己在黄昏之际早已出门，怎能夜间忽然出现在宋家行凶？更不提我背着啼哭的福儿，又怎能潜入宋家宅邸下手？言罢，我连连哀求李县令至少速速寻回福儿，寄养在乐叔叔家一段时日。

"岂料狗贼恶仆纷纷中伤，称翻墙而出的凶手穿着我的服装。又纷纷吵嚷若我未曾杀人又怎会未卜先知，逃进南山。还恶言相向，称我杀害了狗贼一家两个儿子，他们丢弃福儿喂狼是以牙还牙！我一时悲愤至极，百口莫辩，只得连称冤枉。那群恶仆却撺掇李县令对我上刑，李县令竟然言听计从，革了我的功名，还要我吃了不少苦。"

王御使怒道："这李如松甚是昏庸！冯举人既背负孩童，却怎可能潜入宅邸中行刺？想必是狗贼的恶仆恶意栽赃，又来衙门府惹是生非！李如松鼠辈，你当在泉下庆幸自己身死！若要我见得，定要你好看！"

冯举人听得王御使连出恶语，顿有些惊诧。至于我、蒲先生和槐兄对王御使一股脑的热血已有些熟悉，只是偷偷对冯举人使了眼色。冯举人见状，便连忙道："实则也未曾受多大苦头，县里的捕快衙役们，尤其是魏名捕，私自减少了许多刑罚，打板子也是装作用力，实则不痛不痒。多有感谢，当年有幸得了许多照顾！"说着，冯举人连连向槐兄作揖道谢。

见槐兄抱拳回礼，冯举人又道："关押不两日，李县令却忽然升堂，传我无罪，反训斥起狗贼家仆来，接着匆匆打发我回家。我虽不甚明白其中缘故，但想到自己毕竟清白，于是便告辞回到家中。我时常对着光秃秃的墙壁发愣，心想虽大仇得报，但毕竟失去了家父、亡妻、福儿，痛不欲生。我见生活难以为继，又不能总靠着乐家的接济，便试着去乐家的田地里帮忙耕作。过了大约半年的光景，我见官府对宋狗贼灭门案的风头渐渐松了，便趁机对李如松县令提起，要他将亡妻的尸骨判回本家。那李县令当即心不在焉地连连称是，我便随几名捕快衙役敲了宋狗贼的家门，取回了亡妻骸骨，另处安葬。"言罢，冯举人长叹口气，道："说起亡妻卫氏，虽与内人颇有失礼，却实在是上天的恩赐！贤惠、善良、美丽，虽常在家中无故木然落泪，却实乃文人墨客梦中、笔下的仙侣！只恨那宋淫贼……"话音未落，冯举人忽悲怆道："却也怪我不得力，未能相护！想来曾与内人于亡妻墓前吊唁，常见散落遍地之牡丹。我心中疑虑，不知何故，内人含泪道：'此乃花魂为绝世佳人香消玉殒所悲痛，滴泪成花故。'"说起此处，冯举人再忍不住，面庞早画上两道泪痕。呜咽了半晌，才说道："想是因为内人本为狐仙，才有这般见识吧。"

趁沉默无言之机，我悄声问身旁槐兄道："槐兄，看来李如松县令的判决，的确受了遇刺的很大影响。"

槐兄低声作答："飞兄所言甚是。依着李县令对冯举人的态度转变，想必刺客的目的已得实现。"

我点头又问:"如此说来,当真是'霹雳火'所为?"

槐兄却有些迟疑,更压低声音答道:"我耳闻的'霹雳火',与蒲先生有差池。蒲先生口中的'霹雳火',是除暴安良的游侠。但我听得的'霹雳火',却是不识好歹,见得旗人便要出手相害的暴徒。如此不分青红皂白的行径,又与我等所憎恨的旗人何异?!"

悄声相谈间,冯举人逐渐平复了情绪,道:"将亡妻安置妥当,我回到家中失声痛哭。想老父未得善终,妻子命殒恶贼宅邸,儿子又没了踪影,我真不知道自己活着还有什么出路!绝望中又过几日,夜半时分,我正躺在榻上流泪感伤,忽听见门外传来女人孩提的窃语。我心中很是奇怪,正打算劝这对妇童赶紧回家,却在开门间,见门外站的,竟是内人红玉。"

冯举人言罢,我、槐兄、蒲先生、王御使四人顿时满脸愕然。冯举人见状一笑,道:"我见得红玉,当即抱住她失声痛哭不止。过了半晌,我再看她时,却发现不知何时,她也早已以泪洗面。见我逐渐平复了心情,她才擦干了泪,对身边的孩童说道:'不认父亲了吗?'我急忙打量,才发现她身边的孩子竟是福儿!我又惊又喜,连忙问她福儿从哪里见得。红玉才肯说明,她本是狐仙,前阵子夜行赶路时,听到婴儿的啼哭声,不禁好奇寻着了福儿抱回抚养。几经打听,得知是我的儿子,又听说我遭遇大祸,形单影只,便带福儿来投奔。"冯举人言罢,脸上的悲痛神色也逐渐缓和,继而道:"第二天,天色刚刚微亮,我听红玉已然起身,便问她有何事,哪知她竟与我说打算回家。我吓得跪在床头大哭相求。却反吓坏了红玉。她急忙道,本想借此讽喻,劝我起早贪黑勤工俭学,不承想我竟信以为真。我叹家道中落,养家糊口已成难事,却怎有闲暇考取功名。不想红玉竟一手操持起了全部家务，又借来了书籍给我。我感动得落泪，发誓定要考了功名，不愧她的苦心。然而，临近考试，我才想起被革除的功名尚未恢复，哪有应试资格？红玉却忽然与我说起，她早在县里为我重新登记，恢复了功名。还摸着我鼻子道，若是等我自己着急，早就误事了。"冯举人说着，虽面带愧色，但满脸的幸福溢于言表。随后他与我们四人点头道："以后的事情，县里的诸位乡亲便人尽皆知了。我初次应试便中了举人，才幸亏不曾愧对内人的鼎力支持。我每每慨叹，若是没有内人在我深陷绝望之时毅然相投，只怕我早因没了活路，投缳自尽了吧！"

听冯举人讲明了来龙去脉，王御使起身连连称谢，立誓要为冯举人讨个公道。随即，他问冯举人道："冯举人可知宋狗贼家中有多少人口？又可曾听人提起他的本名？"

冯举人稍想，答："算上仆从，大约三十有余。至于真名，却从未听人说起，因此不知。"

"只算亲属，有几人？"王御使追问。

"只有一个妻子，两个儿子而已。"言罢，冯举人点头确认。

王御使又问："宋狗贼模样如何？"

冯举人答道："五短身材，武大郎的模样。"

王御使连连点头，道："既如此，这在广平身死的宋狗贼，果真是宋云平无疑。"

冯举人一惊，拱手道："我似乎在哪里听过此人的名号……"

王御使道："十年前，这狗贼陷害了提点我的恩人，铁面判官张青云。没过多久东窗事发，他的同谋，右都御使武天成被斩。这宋云平狗贼竟不知从哪里听得消息，连夜逃走，就此消失。圣上余怒未消，杀了他北京府内所有未得同行的仆人丫鬟，又派兵去他杭州老家将他宗族尽数屠戮。故此，宋狗贼府内亲属只剩了一妻两子。"

冯举人连声道："原来如此。难怪这狗贼在九年前，被一群官人簇拥着前来此处住下。想省督抚不肯受理，恐怕也是为了庇护宋狗贼的同党！"

"这省督抚是死了。只待我查出任职记录，还看这厮往哪里逃？"王御使撇嘴狠狠道。

眼见此行目的已经达成，冯举人热情挽留我们四人用餐。我与几位同伴相视一笑，便不推辞，与冯举人、红玉、乐当家一同，七人围坐一桌，一同庆贺冯家即将沉冤昭雪，讨回公道之事。王御使在席间连连发誓，回了府便要拟好文稿以上报处置。随即，我等一同把酒言欢。觥筹交错、举杯尽兴之后，我四人与冯家、乐家告辞，回了衙门府，早早睡去。

第六章　幕后推手

第二天，我早早醒来，穿好衣装便走向书房，我见得王御使早坐在案前奋笔疾书，他听我推门，便停下笔，与我相互道了早，随即讲道："严飞兄，我正草拟冯家陈情状。待我上报潜逃至此的宋狗贼已被侠客斩杀，朝廷定得对冯家犒劳一番，还个公道。我更打算出榜请斩杀奸贼宋平云一家的侠客前来领赏，如何？"我听了连连称妙。

正与王御使交谈间，我听大门又响，只见蒲先生面色凝重，跨进了房间。与蒲先生道过早，我忽然想起蒲先生先前对我的刻薄挖苦。如今岂不正是倒打一耙的机会？于是，我讪笑着上前道："蒲先生，先前信誓旦旦出言不逊，道狐仙只是被夸大的凡人，究竟是何许人也？"

但蒲先生没有一丝笑容，道："淄博人蒲松龄是也。并且，仍然如此相信着。"

见得蒲先生如此严肃，我心中略微吃惊：倘若蒲先生果真认栽，他定会大笑起来打马虎眼。若是他仍不愿承认，也会表情夸张地找些莫名借口。如今这却是……

案前的王御使也被蒲先生异常严峻的神情吸引，他不由停住手中的笔，注视着蒲先生。蒲先生垂眼盯着地板，又皱了皱眉，沉重说道："不，这起案件的背后，我隐隐感到绝不是冯举人所见那么简单。"

我苦笑起来，问道："蒲先生，莫不是出现了'尸变'第二？"

谈话间，只见槐兄推门而入，我三人同他道了早，槐兄也觑见蒲先生面色大不寻常，便一同好奇地等蒲先生的说辞。

我心中却依旧盘算一番，与蒲先生道："此案中罪大当诛的宋平云一家悉遭屠灭，实属天道报应。至于被刺客惊死的李县令，他勾结豪强、迫害百姓，更在府内设下奢华僭越的厢房，恐是收了宋平云狗贼的贿赂，已属贪赃枉法，草菅人命，也是死罪。如此罪有应得之人，哪有可值得同情之处？倘若蒲先生将狐仙红玉写入奇书，定将成为出彩的一笔！如今这却是为何……"

蒲先生摇摇头，道："飞，你所言不假。狐仙传闻，如此写下已属上乘佳作。然而我毕竟想追寻案件的真相，而非某人精心设计，希望我等所见的幻影。"

见我、王御使和槐兄三人依旧不答话，蒲先生笑道："既然三位认定此案的全部，已由冯举人道破。那么试着解答我几个疑问如何？"说着，蒲先生目光如炬，道："其一，为何红玉要同冯举人推荐邻村卫家的女儿？她甚至牺牲了自己四十两的黄金以促成姻缘。"

我答道："红玉原意，是为了此生不得相见的爱人寻个佳偶，这番美意，不应疑虑才是。"

蒲先生微微点头，却道："并非无理，飞。只是，红玉又是从哪里得知卫氏的贤惠？我心中隐约的顾虑，正是认为红玉不是要为冯举人举荐佳偶，而是刻意要冯举人娶走吴村的卫氏！此行为背后，我怀疑有更深的动机。"

如此听来，我不由打了个寒战：依着蒲先生的揣测，我试着推想红玉与冯举人失散之时与重聚之后的境遇。原本因冯鹜阻挠，不得与冯举人共度终生的红玉，在一系列悲剧之后，由于冯举人父亲冯鹜暴亡，才得以回到冯举人的身边……如此想来，我顿时毛骨悚然。但稍加推敲，我便发现此推想漏洞百出：自从相好伊始，红玉何不寻来媒人，与冯举人光明正大地结为夫妇？拖过半年，直到被冯鹜拆散才亡命天涯，这岂不很是荒谬！

思忖间，蒲先生已再度开口："其二，宋家为何会'买'冯举人的亡妻？倘若早知自己在广平无法无天，瞅准机会在外绑架卫氏回家，岂不少了许多麻烦？如果冯举人接受了宋家的报价，宋家岂不是白白失了不少银子？"

王御使笑道："宋狗贼家财万贯不虚，但毕竟是遭朝廷追杀的要犯。想必他不愿太过张扬，便先试图买卖，一计不成，方才强取豪夺。"

蒲先生却答："但宋狗贼竟随后差人大闹冯家，打出了人命。从低调忽然变得如此张狂，这其中似乎另有蹊跷。更为可疑的是，如果宋狗贼当真贪恋卫氏美色，又怎得不慎至此，竟让卫氏寻得机会投缳自尽？难道他不该时刻蹭在卫氏身边，讨她的欢心？却怎会给了她如此充分的时间，从准备白绫到上吊咽气之间不曾过问？"

我、槐兄和王御使三人听了这番话，顿时面面相觑，相互没了主意。

而蒲先生又道："其三，诸位也曾见得宋狗贼灭门案的记述。其间实则大有蹊跷，只恨衙门府未曾紧紧追查。想必是李县令自认受了刺客的威胁，不敢再调查的缘故。我们三人当调出此案现有的记述，再寻到当年在宋狗贼家当差的仆人询问一二，方是稳妥之策。"

槐兄连声答应，便转身寻起卷宗来。

"其四，诸位可曾将冯举人从出家门，直到南山的全部不在场证明一一串起，与证人的证词相对应？其中疑点重重，不可不仔细调查！"言罢，蒲先生抄起案角的卷宗，快速翻阅了数页，道："出门时为乐当家所见，"说着他翻过几页，"行至村口，为酒店的张掌柜所见，"言毕他再摸过数页，"临近南山，为猎户张家儿子所见。冯举人的不在场证明完整得不同寻常，诸君可有想法？"

"难道是刻意布置下的？"我登时惊讶起来。忽然想起先前依据蒲先生要求，槐兄所查起的三起案件。排除了宋平云的灭门，其余符合条件的两件是张掌柜客人行李被抢、猎户张家邻居的耕牛走失。既是在李县令遇刺后得以迅速解决的案件，又是冯举人不在场证明的关键一环！更想到，这些证词可是在刺客威吓李县令之后，才被收集起来。想至此处，我再也按捺不住，只顾紧皱眉头思索起其中玄机来。

蒲先生见状，又将冯举人的不在场证明，配合上两起案件中的细节为我们三人复述起来："背福儿出门时，冯举人见得邻居乐当家。走向村口时，努力追赶盗贼的张掌柜从背后见得冯举人一次，又在追捕不得，返回酒店的时候与冯举人打了照面。循着牛蹄印记步入南山的张家，始终追在冯举人身后不远，注视着他的火把，信誓旦旦称冯举人始终在他身前不远处行走。"

蒲先生言毕，叹了口气，嘭的一声合上卷宗。留下了王御使和我二人面面相觑。王御使惊叫出声："这不在场证明，恐怕其中定有蹊跷！张家与张掌柜怎会同时卷入案件，却又同时在案件中为冯举人做出了至关重要的不在场证明！此事绝对另有隐情，天哪！"

然而，话虽如此，如若张掌柜与张猎户的儿子二人并未扯谎，冯举人的不在场证明即使可证得是经人为产生，却又是真实存在，得以证明冯举人与此案并无干系的！

王御使冷不防地在我思忖间惊呼起来，大声道："有了！难道说，冯举人在出门后，寻着机会将福儿交给了另一名与自己衣着相同之人，随后他潜入宋狗贼家中，完成了刺杀？"我与蒲先生听得此言，顿时大为震惊。我连忙试将此法代入实践：天色渐晚的黄昏，有人打扮作冯相如的模样，背着孩子赶路，再穿上同样的衣服，被误认的可能性极高！尤其是在张家随冯举人进山，冯举人取得火把之后！倘若他将火把和福儿悄悄交给另一人，自己则返回宋家，刺杀狗贼全家，岂不是……如此想来，我顿感脊背发凉。莫非真是风度翩翩、谈吐清雅的冯举人亲手屠灭了仇人宋平云一家？他真有如此的武艺吗？

暂且假设他有如此实力。那么还需一名同伙方可。此人在冯举人进山后要寻着冯举人，接过火把和福儿继续前行，待到冯举人循着火把的亮光返回，二人再次对调便可造就冯举人始终在张猎户儿子前行走的假象。难道为冯举人提供第一出不在场证明的乐当家是同谋？除去这家共患难的知己，又有谁人肯为冯相如出这样的死力呢？

蒲先生却已开口讲道："虽是有创意的想法，但实行却有许多风险。先不提冯举人从小被父亲冯鹜逼着在家终日读书，丝毫未得习武的机会。其次，若冯举人将宋家灭门，他得手后要火速奔往南山，与同伙再次对换。这期间，一旦同伙的火把意外熄灭，张家上前查看便会穿帮；一旦在南山寻不着同伴也会穿帮；一旦在往返南山和宋宅的途中撞见其他的居民更将穿帮；若误认错火种，撞见张猎户的儿子，那便真是活见了鬼。风险如此之高，一旦出现半点差池被人识破，恐怕冯举人无论如何狡辩，必将遭判刑处决吧！"

言罢，蒲先生却与王御使拱拱手，笑道："虽如此，但王御使的设想当真独到，多有领教。"而我和王御使却陷入了沉默。

蒲先生见此，继而追问："最后的问题，为何红玉在尘埃落定的这节骨眼上，悄然回到了冯举人身边？时间把握得如此精准，甚至还带回了冯举人失散的儿子，红玉看来必须是狐仙才得以解释了！"随即，蒲先生凝重道："或是，红玉始终在暗处观察着冯家发生的一切。"

听得此言，我全身顿时毛骨悚然：依蒲先生的意思，红玉自从伊始便处于某种目的，引着冯举人迎娶了卫氏，又始终监视着他，直到尘埃落定之后返回……

"没错，诸位，整个事件从始至终，一直被幕后推手所驱使，被凌驾其上的力量所操纵着。"蒲先生呢喃道，随即他转向王御使，"在下有个不情之请，王御使。此事可否允许我蒲松龄继续追查？虽结局无可改变，宋狗贼和李如松的死均属罪有应得。但是，我只想得到事情的真相！"说着，蒲先生深深地作了一揖。

三御使连忙将蒲先生扶起，道："若非蒲先生，恐怕我定将受了幕后推手的蒙蔽！蒲先生无须担忧，我愿与你一同追查真相，直到水落石出为止！"

正此时，槐兄递来了记录着宋平云灭门事件的卷宗。蒲先生一手接过，笑道："魏槐兄时机把握得完美！既如此，让我们先从宋狗贼遭灭门的案件起，破除推手所设下的幻象，重得事实的真相吧！"

于是，我们四人共同在案上展开卷宗。案件，还远未结束！

第七章　波澜再起

看罢卷宗，蒲先生皱皱眉，道："刺客当真身手不凡：原来枪棒教头竟也惨遭毒手！至于其余被害者，有宋平云本人、正室姜氏，两个儿子宋龙宋虎，以及婢女一名。"言罢，蒲先生闭了目，沉吟起来。

少顷，蒲先生又开口道："如此一来，便有非同寻常之处。"

听蒲先生的断言，我、槐兄和王御使三人吃了一惊，连忙恭候着蒲先生的解释。蒲先生点头道："依着乐当家和冯举人的意思，这宋平云狗贼家中共有三十余口人，但刺客竟精准挑出宋平云和他的三名血亲袭杀，恰恰说明他对宋平云家中的情况很有研究。"言罢，蒲先生苦笑起来，拎起卷宗拍了拍，道："官府的文案竟仅限于此。想必李县令恐惧于刺客威胁，竟没有仔细完成灭门案的记录！"说着他摇了摇头。片刻，对槐兄道："魏槐兄，四年前的凶案，可曾有任何印象？"

槐兄面有惭色道："说来惭愧，蒲先生。灭门案发生前三个月左右，我接到上级指令，调往河南开封协助查案，并不在广平当地。待到我回了广平，已是灭门发生第二日。当天李如松县令和那些宋狗贼家的宵小，只顾差我打冯举人板子。我听冯举人辩白，心想他身背孩提，却怎能逾墙害命？才偷偷对同僚使了眼色，要他们不得真下手，只是装作挥板子。随后李县令遭遇行刺，被唬得魂不守舍，终日惶惶不安，却更没了查案的心情。只是喝退宋狗贼的家仆，释放了冯举人，将他的证词记下不题。"

蒲先生惊叹连连："魏槐兄仲裁耕牛纠纷，及张掌柜遭遇盗窃两案，竟是刚刚回到广平所为！仅凭卷宗内容破案，魏槐兄真不愧是广平名捕，在下领教！"

槐兄听得连连拱手称不敢："蒲先生何必谦虚，我仅凭借雕虫小技有幸破案，何足挂齿！况且此行侦破刺客手段、挖掘冯举人案幕后推手，皆是蒲先生一人之功，我汗颜还来不及，怎能得到'名捕'称谓？惭愧，惭愧！"

蒲先生又与槐兄抱拳客套了两句，随即说道："既如此，不妨查证广平户口，找到当年在衙门府内当差的家仆，与他们问得一二。"

王御使顿生不屑，道："竟要与此等宵小之徒相谈。"说着他直皱眉。

槐兄则翻来了广平居民户口的手册，简单翻阅，道："宋平云狗贼家的奴仆，大都在宋狗贼死后树倒猢狲散，纷纷逃走。大抵是各自回乡。不过却也有少数留在广平的。"言罢，槐兄递过了手册。蒲先生接过，草草浏览之后，道："不妨先从此人起。"说着，他摊开手册，手指"杨兴"的名字，道："此人户口，本不在广平，是九年前随宋平云迁入。想是十年前东窗事发，宋狗贼连夜潜逃时带在身旁的心腹。很有造访的必要。"

言罢，蒲先生又将手册递与槐兄，槐兄记下了杨兴的住址，于是便领着我、王御使和蒲先生三人出了门，往杨兴的住所走去。

见杨兴的住所，是间简陋不堪的木屋，家中更无半点田地。蒲先生道："想在北京时这厮与宋狗贼作威作福。如今失去靠山，再不得狐假虎威，故落魄至此。"言毕，蒲先生上前轻叩破着洞的木门。

听屋内一阵脚底踢踏土地的声音，一个矮小的男人出现在我们四人面前，他贼眉鼠眼，警惕地依次打量着我们四人，问道："你等何人？"

蒲先生道："四年前，当朝左佥都御史宋平云在广平遭灭门的命案悬而未决，我等特受朝廷之命前来调查。"我听得蒲先生言语，心中暗暗一惊，原来蒲先生分明在钓鱼，以验得在此飞扬跋扈的宋狗贼之身份。

而这宵小当真中计，他不假思索地答道："悬而未决？刺客明明是那冯家儿子。他杀了落难的老爷一家，翻墙逃走！府内所有仆人都见得！谁料到李如松这睁眼瞎竟然轻易放跑了那孽种！可恨！"说着，杨兴气鼓鼓得像个河豚。

蒲先生却淡然问道，"此话怎讲？冯相如当时在南山赶路，却怎能变化分身在此动手？"

杨兴听得，不屑道："定是冯家儿子买通了证人！哼，想他今日举人的功名也定是靠贿赂所得，哼！钦差大人，你们要好生调查，这冯家儿子的功名，肯定有假！"

蒲先生不慌不忙，继续悠然道："既如此，说说当晚你等见闻。倘若有假，必当拿你是问！"

杨兴一听，忙赔笑道："诸位老爷亲自前来，小人所言怎敢有假？当晚我们听得叫喊，连忙出门查看，正看见冯家儿子提着雷教头的脑袋，翻墙逃跑哩！随后我等报了官，一同去他住所寻找，见他早逃之夭夭，才往南山抓得这孽种。"

蒲先生反问："你等又是如何得以肯定，翻墙逃走之人是冯相如？"

"一模一样的衣服啊！"杨兴焦躁地答道，"冯家儿子那套百年没得换的破烂衣服，我等怎不相识？哼。"

蒲先生冷笑道："仅仅见得衣装，又何以如此推定？你等可见得面目？"

杨兴却不甘示弱答道："那身破烂衣装，全县仅有那孽种穿得。全家人早认得熟。"

见无从以此再问，蒲先生便道："既然衣装记得清楚，当晚之事怎会相忘？且与本官速速道来，还你个说辞。"

"老爷，如此冤案，小人怎会相忘？"杨兴油嘴滑舌道，"那晚，正如往常，老爷和雷教头又只顾对饮。雷教头高谈阔论，吹嘘从军打仗的经历，边炫耀自己本事，边拍老爷马屁。唉，哪承想老爷竟然真好这口，对他那些狗屁大话信以为真。雷教头这等只有遭刺客砍头本事的酒囊饭袋，真不知究竟是如何混进本府的。我们这些见多识广的仆从哪受得了听他吹牛？只是见老爷在兴头上，又不好打断，只得各自叹气睡去。"

"只讲正事，勿言其他！"蒲先生威严催促道。

"是是是，依大人您的意思！"杨兴嘴上敷衍着，却是副愤愤不满的神情。他又道："夜里，本应酒囊饭袋负责守夜。可不但老爷被杀了，酒囊饭袋还丢了自己的性命，真是个不中用的家伙。"杨兴恨恨地说。

"没有什么本领，却要他来守夜？宋平云若是此等昏庸之辈，那你们又怎得入府的？"我不禁反讽道。

杨兴听得，顿时有些尴尬，他抓耳挠腮，赔笑道："这厮却也有些功夫。他在事发前几个月，前来家中应聘保镖，当时技艺冠绝全场，甚至叫嚣着要一人同时与三名其他应征者较量，当真没过几回合，雷教头将三人统统打翻在地。老爷当即高兴得合不拢嘴，花了三倍的薪金把他留在了本府。这雷教头虽有些功夫，却是十分好斗张扬，喜欢惹是生非！守夜工作，本应四人一同，岂料他与老爷熟识之后，竟大言不惭地吹嘘，有他一人足矣。我等下人知他本领高强，无法违逆。但那四名镖客怎能轻易答应？这不是，他又一人单挑了四名镖客，将两人打成残废，一人重伤。可气的是，老爷竟然纵容了他这暴行，反倒夸他神武！竟然当真依他的意思，留他一人在院内守卫。剩下的镖客气不过，却无计可施，只得一怒之下离家不顾，老爷竟然也丝毫没得表示。这不，正是因雷教头的夜郎自大，竟被冯家那窝囊儿子所杀，还害得老爷一家和香儿丢了性命！"言罢，杨兴不住唉声叹气。

"继续说案发当晚的来龙去脉。"蒲先生不耐烦地打着官腔怒道。

杨兴听得，顿时惊得连声道"小人知罪"，随即讲："当晚我等正在酣睡，却在梦中听院里传来一声打雷般的惨叫，那大嗓门，一听便知是雷教头。这厮平日里嗓门就大，被砍死的时候更大。只不过喊得响有什么鸟用？还不是照样给连肩带背砍成两截？"

"休要多言闲话，讲正事！讲清你当晚所见！若再喋喋不休，休怪本官无情！"蒲先生愈发忍无可忍地吼道。

杨兴唬得连忙跪倒在地，磕头求饶。看他那副喜怒无常、窝囊又跋扈的人模狗样，真是哭笑不得。

"小人在梦中被惨叫惊醒，与四下的伙计抄起家伙，壮胆往院里跑。只见院里雷教头被砍成两截血流满地。接着我等听着响声，循着声音一看，只见得冯家儿子一手提刀，一手拎着雷教头的人头，一蹿上墙，跳出外边去了。我等面面相觑，却听一人喊'老爷厢房的大门被打开了'。于是连忙抢进老爷一家四口所住的厢房，查看究竟，却见那场景甚是骇人！刚进门，便见香儿被断了头，嘴张着，眼睛瞪得圆滚滚，血流遍地，很是可怜。进了右边内卧，顶着蜡烛只见床幔上满是血，我等战战兢兢上前，掀开帘布，见眼前一片血海，老爷、太太躺在榻上被生生砍了头，倒是闭着眼，脸上没香儿凄惨。往另一边的伙计，也在左边的内卧见了两位公子的尸首，同样被在睡梦中断了头。

"我们见了这等祸事，忙奔出家门报官。那狗官县令听得，竟以为我们前来取闹，反问冯家窝囊儿子怎可能出手杀人，再逾墙而走。我们便拉了他往冯家兔崽子家里去，结果，嘿！这小子还早就逃之夭夭了！那李狗官这才傻了眼，问我等冯家儿子往哪里跑了。有机灵的猜只有南边有山，像是藏身之地，我们才浩浩荡荡带着官兵去讨伐。追到南山，我们见着有点着火把夜行的，又有小鬼的哭声，当时一拥而上给这冯家的小兔崽子摁倒在地上，拖回官府。

"这冯家小兔崽子起初不承认是他杀了人，说些他背着小鬼怎得翻墙杀人的歪理。不消讲，这定是小兔崽子设下的障眼法，我见过世面之人怎能上了他的当？他翻墙时候穿那衣装谁不认得？但我是没想到，李狗官竟然没过两天把他放了，肯定是收了这小兔崽子的贿赂！我等听李狗官要放兔崽子，当即就在衙门闹翻了。岂料李狗官的那些个衙役捕快甚是蛮横，动手把我等生生打了出去。

"我们又嚷嚷去城里上告，要收拾李狗官和这些破捕快。不过想想既然老爷没了，我们去城里的盘缠谁管？就只得算了，真是便宜了李狗官！又过两天这些下人里边有手贱的，偷了老爷家的银子就开溜了。后来有些财迷心窍的，竟在光天化日之下拿了老爷的财物准备开溜，当即四下的人就开始哄抢起来，为了些银子宝贝大打出手，闹得不可开交。

最后岂料有嫉妒的小人听到风声报了官，那李狗官就差手下人来家里镇压，把我们打散了，李狗官自己私吞了剩下的财物！那以后家里就彻底完了，那些奸人搜刮干净老爷家里最后一点油水全都跑回家了，只剩下我，啥都没有，只能留在这鬼地方过苦日子。

"谁料到冯家的杀人凶手当今反倒发达了，真是老天没眼！但是据说李狗官前阵子病死了，真活该！"杨兴喋喋不休地说着，又恨恨地龇了龇牙。

蒲先生听罢来龙去脉，问杨兴道："本官大致了解了。不过你要解释解释，为何冯家的儿子要砍了雷教头的头走？"

杨兴不屑地哼了两声，说道："就凭雷教头平日自视甚高的德行，我等早不爽他很久了，冯家儿子又怎么瞅他顺眼？有些家仆因他目中无人和他起了冲突，被他打坏了，老爷却不插手管教。这雷教头保不准在哪里得罪了冯家兔崽子，那晚被砍死拎走脑袋，我是丝毫不感惊讶，纯属恶贯满盈，该有此报。"

"雷教头先前因何事到宋家做了保镖？"蒲先生平静地问道。

"还不是因为老爷征召护卫。"杨兴小声嘀咕道。

"征召护卫是为何故？"蒲先生追问。

杨兴听得，顿时嘿嘿傻笑，油腔滑调道："当初跟冯家生了些事端，冯家那小兔崽子始终琢磨杀了老爷，老爷不放心，偏要再请个护卫。这不是，才让这不干事的酒囊饭袋雷教头混了进来！"

"事端，所指何事？"蒲先生明知故问。

闻言，杨兴脸色一变，却还是摆出谄媚的神情道："实话说，这本是冯家的不是。有人许给我家老爷个漂亮小妾，却被那冯家儿子半路抢了去。老爷知道了很是气愤，却依旧肯给冯家一笔重金将小妾赎回来，不打算将事情闹大。

"岂料那冯家的老顽固甚是无礼，把我们一顿怒骂，言辞不堪入耳。我等回家禀报老爷，老爷气得一掌拍在桌上，把满桌的茶具震得统统落在地上摔个细碎，喝道：'夺人妾已是无理，此番更相辱骂，是可忍，孰不可忍！'于是，我等接了老爷的命令，第二天去砸开他家门，推开老顽固和他儿子，把本该是老爷的小妾生生带了回来。"

"推开？你等狗贼，将朴实良民活活打死，竟敢说'推开'？"王御使终于忍无可忍，彻底爆发了。他很是激动，挥舞着手臂怒吼道，"你等丧尽天良的人渣，窥得良家妇女，出资强买不说，竟将人生生打死，还敢在此歪曲事实？与冯举人恩爱两年的卫氏，倒成了宋淫贼先看上？宋淫贼如今家破人亡，我却只叹他未遭凌迟而死哩！"

恼羞成怒的杨兴听得王御使恶言相向，更吃了熊心豹子胆，钻上前揪着王御使要打。未及我出手，槐兄早眼疾手快，劈手拿住杨兴，与王御使分开，随即如提孩童般轻轻将他拎起，一猛发力，重重甩了出去，砸在墙上发出一声巨响。我似听得骨头爆裂的声音，见杨兴全身瘫软，躺在墙角蔫了，嘴里却不依不饶道："明明冯家抢人，官府竟不明是非。"说着，他又哼唧起来喊痛，萎靡道："哼，实话说，那泼妇在家竟打算杀害老爷，幸亏老爷……"

蒲先生一惊，"真有此事？"

王御使却不假思索嚷道："卫氏实乃贞洁烈女！可怜！可惜！"

杨兴依旧如烂泥一般堆在墙角，吃力冷笑几声，道："贞洁烈女？哼，那贱妇，表面上装作百依百顺，却突然拿了剪刀要捅死老爷。幸得老爷眼疾手快，一把夺下，把那泼妇活活掐死了，哈哈哈哈！"笑声未落，王御使和槐兄两人哪里按捺得住？两人咆哮着冲上前去，对着杨兴又是两脚。我和蒲先生见状大惊，急忙抢上前去，制止王御使和槐兄两人继续暴力执法。再见槐兄时，我便察觉到他自从分别后，练就了一身神力和拳脚功夫。王御使暂且不提，倘若要槐兄再补上两脚，当真要闹出人命。

蒲先生也上前挡在了杨兴身前，阻止了槐兄和王御使，又扭过头，对杨兴悠悠吐出一句狠话："档案明确记述道，冯举人在南山被捕时，衣襟上未沾得一毫血迹，刺客不是他。至于那刺客，哼，是神将下凡，惩戒你们这些为非作歹的恶贼！你若如此执迷不悟，污蔑良家妇女，只会与宋平云狗贼同一下场！"

言罢，蒲先生左右一手一人，拉着槐兄和王御使出了杨兴破破烂烂的草屋，回了衙门。当晚在用餐时，王御使依旧愤愤不平，不停咒骂着杨兴的恶行和对卫氏的污蔑妄语。我、蒲先生和槐兄三人不由听得呆了。我心中暗想，王御使是如何做到副都御使之高职的？更加担心起他会在皇上面前对着贪官污吏破口大骂，大闹皇宫。

用完了以王御使一人作为独角的晚餐，我三人便纷纷与王御使抱拳告辞，回房睡去。

第八章　不在场证明

第二天一早醒来，我更衣洗漱，便往书房走去。推门而入，只见得蒲先生端坐在案前挥笔写字。见我进入房间，蒲先生将手中的纸张揉成一团，随手丢弃，道："飞，关于宋平云一族灭门案，我心中已有些眉目。"

　　我听得忙道："蒲先生何出此言？案件至今已有四年，却要如何查证？"

　　蒲先生笑笑，拉着我就坐，说道："仅凭泼皮杨兴的证词，便足以看出其中玄机。"

　　我听得连声问道："此案乃是侠客所为，却还有怎样的玄机？"

　　蒲先生撇撇嘴，摇了摇头，说道："飞，岂忘昨日曾提起，在全家三十余口人中，准确杀死宋平云一家人的凶手，定是对府内情形相当熟络之人？"

　　"当然记得，只是这却有何指代？"我问道。

　　这时，门外传来了王御使的呼喊，只见王御使一边跨入书房，一边喊道："蒲先生此话当真？倘若此案与昨日那无理栽赃良家妇女的泼皮有一丝干系，我定拿他问罪！"

见王御使过了一宿，竟依旧对泼皮杨兴不依不饶，我与蒲先生无奈相视，并未作答。

蒲先生拍拍我的肩膀，笑看王御使道："二位不妨在心中对此案的经过略加推敲。实不相瞒，倘若杨兴的描述属实，恐怕此灭门案绝不仅是表面上简单。但现在，我们不妨先行拜访几位为冯举人提供不在场证明的证人，听得一二，也对这不在场证明有个判断。"言罢，蒲先生便嬉笑着将我与王御使二人向衙门外推去。

我见状忙道："蒲先生，莫不等槐兄同行？"

蒲先生却笑道："二位有所不知，今早魏槐兄早早醒来，便与我打过招呼，唤了郎中往泼皮杨兴家去了。"

三御使听得连连皱眉道："这是何故？"

蒲先生连连苦笑，道："王御使有所不知，魏槐兄深知昨日自己出手太重，恐伤了那小厮性命，故今日早早醒来，匆忙赶去相看。"

王御使听得长叹道："杨兴这等人渣，倘若身故又有何妨！权当为广平除害吧！"

蒲先生听得登时一惊，只顾领我与王御使二人向门外走。我心中暗想，王御使当真是嫉恶如仇不假，却只怕终究因他过度执着，反而引火上身。但又想王御使在我、蒲先生、槐兄三人面前谦虚相敬，未有的半点傲慢官腔，终究也是快意恩仇之人吧！

即刻，我们三人已出了衙门府的大门。正待与卫兵询问道路时，只见槐兄与郎中二人拍马回了府。槐兄见我们立于门前，跳下马抱拳道："幸亏昨日那泼皮未曾伤了性命！虽折了几根骨头，却并无大碍。没想到昨日一时竟为愤怒冲昏头脑，出手伤人，罪过！罪过！幸得蒲先生与飞兄相劝，不然只恐那小厮早命丧黄泉。"

王御使连忙道："魏名捕何必如此？那小厮平日乃是狐假虎威、狗仗人势得惯了，一副贼眉鼠眼的模样。昨天幸得魏名捕出手相助，只当给那小厮个教训吧！"

随之，蒲先生对槐兄简单安慰两句，便提起正打算查访冯举人证言之事，槐兄听了连忙询问可否同往，我三人立刻欣然相邀，便四人再次一同上路，寻着为冯举人提供第一证词之人——乐当家去问个究竟。

再次前往乐当家的宅邸门前，敲开门，乐当家见我们四人，连忙笑脸相迎。他侧身抬臂，请我们进屋品茗。蒲先生忙拱手推辞，直言有事相问，接着从袖中取得手册，展开，问道："乐当家可曾记得，四年前宋平云狗贼灭门之时，曾有人前来此查证冯举人当天黄昏时的行踪？"

乐当家听得登时茫然地仰望天际，他抚着额头，皱着眉费力回忆起来。一旁的蒲先生见此，连忙将手中的卷宗递与乐当家，问道："乐当家请看，这是当年记录在案，阁下见着，可曾有些印象？"

乐当家阅毕，当即高叫起来，与槐兄道："正是！四年前魏名捕前来此处查访，确曾问得此事，说是为相如作证所用。如不是先生提醒几乎忘却，实在惭愧！"

蒲先生笑道："已是四年前的小事。何况比起此等细枝末节，重大之事太多。印象不清实属情理之中，乐当家何必懊恼？既然已有些记忆，敢请烦劳与我几人道来？"

乐当家连连点头，道："当日，我听门外有人连连大声砸门，时下我与媳妇两人正在屋中下厨，以为相如家又出了变故，我惊得抄起手中菜刀，连忙跑去开门。匆匆开门，我提着菜刀，却不见敲门人的身影。左顾右盼，却见五十步左右，相如身背福儿匆匆向南村头赶路。我与他高叫，他也不作答，只顾快步前行。我心想若不是福儿忽然犯了病，心中顿感忧虑。却想既有彦宁坐镇，应当不在话下。只是心中暗暗怪相如，何至于亲自身背福儿往彦宁家赶？当把福儿暂寄我处，再往彦宁处去是上策。听身后媳妇相问，我又四下巡视一番，既不见敲门人的踪影，我便警惕地关了门，落锁。"

我与蒲先生、槐兄、王御使四人听得，连连点头，不约而同地相互对视一眼，便知彼此心中对此事中玄机不言自明。于是我们四人便利落地谢过了乐当家，往下一处地方去。毫无疑问，这事定是有人待到往冯举人家拜访的壮汉走后，始终监视着冯举人的一举一动，等到时机成熟，便故意敲开门，遁去身形，诱使乐当家见到冯举人。

诚然，此证明依旧成立，然而其中却有刻意为之的成分，绝对有继续调查下去的必要！

疾行不到三里，我们四人再度来到张掌柜的酒家，槐兄迈步向前，撩开门帘而入，见了张掌柜，便抱拳问候，道明来意。

听槐兄问起四年前店中失窃的情形，张掌柜一时间激动不已，问道："莫非是诸位已完全破获此案？还请告知小人，那神秘人当年偷去店中刁客的财物是为何故？"

闻得此言，我心中暗暗称妙：既然此事成了张掌柜的一大心结，想必他对当年情形自然记得相当详尽准确。

槐兄却面带愧色地拱手推辞，将不速之客依旧身份不明的情况以实相告。随即又向张掌柜问起当年的情形，张掌柜着了魔似的拼命点头，抢着答道："当天傍晚时分，店中各家客人尽在吃饭相谈，好不热闹。忽然，店中进了一位甚是奇特的客人。"

见我、蒲先生、王御使三人睁大眼睛，张掌柜更受了鼓舞，道：

"此人身长将近七尺，纤瘦，浑身披着混黑衣装，头顶一盖宽大斗笠，又垂着乌黑面纱，丝毫分辨不得面容。他拨开门帘，轻声走进酒家内，四下张望。我问他，不答话，又见他装束奇异，不免心中生出几分恐惧，不敢走出柜台相迎。那客人忽然一个灵巧的箭步向前，一把扯过一位如厕客人的包裹，转身便往门外跑。"

蒲先生忽然打断道："张掌柜，此人手上可有装饰？"

张掌柜眼睛一转，殷勤道："一经先生提醒，才想起此事！怪客手上并没有饰物，只是那手背白白嫩嫩，似是佳人所有。如此说来，那人身体却又纤瘦，恐怕若除去面纱，定会被人误以为二八姝丽！"

经张掌柜一言，我忽然无端想起传闻，据说古时天下无双的谋士张子房，外形酷似丽人，走在街道上时常被人误认为美女。张掌柜随即继续道："我见他逃出门，便顾不得疑虑，起身往门外追。店内其余的客人大抵也是被怪客惊了，竟没有一人前来相助。仅有我一人，哪里追得上那身手矫健的怪客？"张掌柜说着，戳了戳颇有弹性的肚子，苦笑道："我一路追击，气都喘不上来，一直到临近南山，那怪客却忽然加快了步伐，一瞬间便消失在渐渐发黑的夜幕中，我无奈，只得空手而归。"

蒲先生闻言，问道："据说张掌柜此行虽空手而归，却在无意间救了冯举人？"

张掌柜一愣，他与蒲先生相视片刻，忽然目光转向槐兄，连声拍手道："正是！正是！魏名捕在为我调查间，曾透露，我竟无意间证明了冯举人的清白。"见槐兄正要开口，张掌柜连忙摆手道："不必有劳魏名捕解释。此事却也是巧，我苦苦追着怪客出了村口，正看见冯举人身背儿子往村外赶路。当即我没有半点空闲相问。直到不见怪客的踪影，我只得原路折返，才又与冯举人打了照面。我见他神情慌张，低头赶

第八章　不在场证明

143

路，想他莫不是遇了变故。我与他相问，他却只是答道有要紧事要去亲家看看。我那时早已精疲力竭，便没有多问，径直回了本家酒馆。待到喘匀了气，我方才想起冯举人身背孩提，夜间于山中前行很是危险。只是那时我正被怪客折磨得狼狈不堪，哪里有闲情逸致代人操心哩！也幸亏冯举人在南山没遇到野兽袭击。若有个三长两短，我可要自责一辈子了！"

蒲先生点点头，又问："既然怪客将至南山的时候忽然加速遁去，那么他却何不早一口气甩开张掌柜您呢？"

张掌柜恍然大悟，直拍手叹道："先生所言有理！那怪客一路奔跑，分毫不见吃力的迹象。倘若真一早打算甩我个十万八千里，哪里是难事！"言罢，张掌柜又托起腮帮子，幽幽道："却是为何如此？莫不是存心要戏耍我张宇忠？"正说着，张掌柜又是一拍大腿："原来如此！这怪客一定是与我有冤仇，不但取了刁客的盘缠害我官司缠身，更在逃跑时施以此计耍我！不消讲，他那时定是故意放缓脚步，空耗我精力，随后更在落定时返还刁客行囊，正是向我示威炫耀哩！好一个狡诈的滑头！"

槐兄听得笑道："依张掌柜所言，怪客却也不是与我素来有冤？竟推了如此刁客与我。若不是略施小计，恐怕真要便宜了那厮！"

张掌柜大笑："造化！造化！魏名捕那时正刚从开封办案归来，本当因旅途劳累，好好休憩，却又顷刻要为此发愁。这怪客却也是不识时务！"

我虽随着张掌柜与槐兄一并哄笑，心中却更警惕起来，想那刺客，不但故意诱出了乐当家，在此更是轻松将张掌柜玩弄于股掌之间，他不立刻甩开张掌柜，分明是他醉翁之意不在酒，而在冯举人也。刺客引诱张掌柜自背后超越冯举人一次，行至南山纵身隐去，害竹篮打水一场空的张掌柜垂头丧气返程时，又与冯举人打了照面，充分留下了冯举人行踪的证明，可谓毫无死角。如此想来，这刺客虽然是我四人辛苦追查的狡猾飞贼，然而他手段之高明、时机把握之精准，却让我心中生出了几分敬意。日后原封不动返还了店里遭窃客人的包裹，更平添了几分豁达的豪杰意境。想到前几日被蒲先生利用与他相同的手法，在李县令的闹鬼厢房中被实实在在摆了一道，几乎被唬得魂飞魄散，我心中更加刺痒难耐，恨不得立刻与他想见，两人过上几招。虽然凭借他的才智，我恐怕不出几回合便要败下阵来，但若得结识如此足智多谋、好打抱不平之鬼才，实在不枉我广平之行！

随后，我们四人纷纷婉拒了张掌柜的热情挽留，与他拱手道别，去往冯举人行迹证明最为关键之一环查证：南村头的猎户张家。

敲开门，只见一位身长九尺、声如洪钟的大汉出门相迎。见了槐兄，大汉连忙拱手笑迎，道："魏名捕，来此有何贵干？"言罢，他扭过头大声对屋内喊道："娘子！速与恩公一行四人备来佳肴美酒。"说着直将我等四人往室内请，槐兄连连拱手推辞，称此行只是为查实关于冯举人证词之故。大汉听见，又对屋内喊道："虎儿，快来！恩公有话相问！"随即，他不容分说，憨笑着将我们请进屋落座，亲手端上几碟毛豆。

见此，我四人也不再推辞，与大汉一同落座。

大汉方才就坐，便连连对槐兄拱手，道："恩公今日特来拜访，不想家中有失接待，实在太过失礼！恩公，我近几日想来，近些年也未曾得罪王家，他家怎恁地顽劣，竟在四年前刻意陷我？"

不等我四人提起，大汉却已自开其口，侃侃而谈。

槐兄答道："定是王家失了牛犊，心有不甘之际，故意拉人下水讹诈。后来又见有可乘之机，更利欲熏心打算敲敲竹杠。"

大汉听了直摇头："他们心急却有几分可怜，却怎怀疑到我张天奇的头上？"言毕，他手指着胸膛，满脸无辜地问槐兄道："恩公，你说，我张天奇哪有半点像窃人财物的小贼？"

闻得此言，我几乎笑出声。这张天奇，竟没想到王家只是不分青红皂白的栽赃，只为讨得赔偿。怎却与他是何人有半点缘故？

这时，大汉却又悲伤起来，道："我张天奇竟在外人眼中是这等的寡德形象，高祖啊！可怎让我有颜面去泉下相见？"

见憨厚得越发迂腐的大汉，我一时哭笑不得。槐兄只是拍着他的肩膀，道："不怪你张天奇不上正道，却只是王家见利忘义，无所不用其极！"

大汉听了这话才又憨憨地笑了起来，取过小酒盅，连连与槐兄敬酒。

蒲先生见大汉早忘却了我等前来拜访的本意，便偷偷用手肘杵了杵槐兄。槐兄心领神会，与大汉道："天奇，不妨与我同僚讲讲虎儿当晚所见冯举人之事？"

壮汉一听，连拍大腿："这臭小子，怎还没出来？"接着又扭过头去，连连大叫："虎儿！虎儿！可别要恩公久等了！"

正呼喊间，只见一少年嘭的一声推开后门，倚住钢叉，连连奔上前来，喊道："爹！唤孩儿何事？"

大汉哈哈大笑，用力拍拍少年的后背，道："虎儿，恩公要问你当晚见得冯举人之事，可要以实相告，不要出了差池，引来恩公责备！"

少年听得，对我们四人连连抱拳道："害诸位大人久等，小民深感惶恐！"

我们连连笑着摆手，要他不必在意。我打量眼前少年，只见他身长八尺，约莫弱冠年纪，两眼炯炯有神，浑身挺拔有力，斑斓虎皮缠在腰间，花白束布系于头顶，好一副少年打虎将的派头！想到这对父子，我禁不住暗暗称奇。

礼毕，少年见我四人皆翘首以盼，便连忙讲道："当晚我记得清楚。爹先前与邻人因牛起了纠纷，隔壁那厮一口咬定我爹窃了他家耕牛，竟告上衙门。爹被李县令扣在衙门几日不得释放，我只好自己带着几位弟兄打猎。那天黄昏时分，打南山回家，我正将打来的猎物掷在院内与兄弟几个查数，却忽然听见有人在院外喊话，道：'张公子，我乃下凡之仙女。见令尊受了歹人陷害，心有不忍，特来相告。那恶邻走失的牛正被拴在南山，速速前去领回，以解令尊之厄！'我和几个弟兄听到这话，一时只顾在院中面面相觑，不知真假。踌躇片刻，我才与几位弟兄出门查看，嗅到门前一阵淡淡清香，我心中更生困惑，却想不妨姑且一试。便与几位弟兄几人备上火把，往南山去。"

话至此，蒲先生问道："如此荒唐言语，怎竟信以为真？"

但虎儿却连连拱手道："大人有所不知，我事后也深感此事灵异，便逮着机会有幸问得冯举人之狐仙伴侣。她与我道：'此是另有狐仙见你家清廉自爱，故相助耳。'我听了，便求她若寻着与同族相见的机会，请务必当面与我问个分明，道声万谢。后狐仙又见着我，与我戏言：'几日前偶遇姐妹说起，正是四妹见俊俏公子的父亲落难，故出手相助。倘若公子有意，愿以身相许。'我听了，慌忙连称不敢跑开。她却在我身后隐隐笑哩！说来实在羞愧！"

蒲先生大笑三声，道："竟没有动心？"

虎儿羞得满面通红，连连摇头，忙推辞道："不敢，不敢。"

蒲先生便不与他再寻乐子，而是恭敬道："不必在意，至于冯举人之事？"

虎儿正了颜色，道："行至南山跟前，我一众见了些牛蹄印，直往南山里去，便愈发相信狐女之言。见天色将晚，我等便点了火把，径直往山中走去。没走出半里地，我隐隐见得在前方疾行的人影，听到孩提的哭声。便连忙与弟兄几人小跑上前查看：想在夜幕时，竟有人敢独自上山，更无半点照亮，这堪称自寻死路。等我一众上前，见得是冯举人身背福儿，正一心赶路。我问话，他也只是敷衍几句，自称有急事往亲家去，并不肯细说其中缘故。我心中甚是惊奇，虽急着赶路，寻牛救爹，又生怕冯举人背着儿子，在荒山野岭遭遇不测。他本是闭门苦读的秀才，哪知这野路的危险？

"我见说不动他，只得喊老三将手中火把给了他，有些光亮，也能驱散些野兽。他接过火把，连连道谢，便继而赶路。我没了办法，只得随他去，却又实在怕他在此间有个三长两短。若真出了祸事，我等一众，岂不成了见死不救？即使逃了官司，却怎受得了一生的良心折磨？更何况，爹的性子也不能允许我为了救他而置他人于危险不顾。于是我呼喊着几位弟兄，一边留神脚下的牛蹄印，一边注意身后匆匆赶路的冯举人。一旦有失，当即刻掉头，出手相救！

"走了不知多少工夫，我隐隐听到身后人声繁杂。扭头望去，见许多火把照耀。随即，便有些官府的衙役捕快，高叫着追上前来。我眼见他们扑倒了走在身后不远的冯举人，押住他叫嚷着杀人凶手。我一众好奇回头询问，却被混在衙役中的宋家下仆呵斥开，命我们自顾赶路，不得插手公事。四周的兄弟与我悄声道，莫非是冯举人杀了恶霸宋家报仇，故此逃命？我答冯举人始终在身后行进，被我们不断留意着，怎可能有机会出手害人？但那些衙役下仆催得紧，命我们不要逗留，我们也只得继续循着牛蹄印前行。"

言至此处，蒲先生连忙插话道："可曾见得冯举人被仆人扔下的独子？"

虎儿听得一愣，摇头道："并未。"

蒲先生愤怒地一龇牙："这群可恶的下仆！竟是等虎儿一行离开方才丢弃福儿！这可当真是要害命！"

虎儿见蒲先生与他致意，便继续道："又行了几里，我一众兄弟几人渐渐人困马乏，正相互埋怨被妇人耍了个痛快时，忽听林中传来微弱的牛叫。借月光看去，只见路旁一棵树边，拴了个结实的小牛犊。我又惊又喜，连忙跳下马，牵了小牛犊往家赶。却不承想，走回家时天色已渐渐白了。几位兄弟呵欠连天，纷纷告辞回家睡去，我躺在家中小憩，待着衙门府开门，连忙飞奔去，击鼓鸣冤。"

接下的故事，便是王家见了寻回的牛，竟不相认，坚称走失的是壮实的耕牛。却不料被匆匆归来的槐兄牵了自家的老牛，二牛相认，轻易拆穿了谎言，自讨一顿板子。

既问了证言，我们便与张天奇、虎儿父子简单交谈几句，打算告辞。但张天奇父子二人苦苦相劝，求我们四人留下用餐。于是我四人相互商量一番，料想既已将近中午，也更不愿再与诚心相留的张天奇父子二人推辞，便欣然应允。

席间，张天奇不住地称赞槐兄之才，屡次直言正是因槐兄镇守，此地的无赖地痞才不敢造次生事，久而久之纷纷无趣离开。

见槐兄应付得紧，我心中暗暗盘算起这第三件证明。定是有人早牵走了牛犊藏好，又有人哄了张虎儿前去南山寻牛救父。在寻牛的工夫，向来耿直的虎儿见形单影只，连夜前行的冯举人必然出手相护，一路护卫的同时，却又为冯举人留下了完美的不在场证据。既然耕牛早在几日前便走失，闹出官司，便是说刺客早在行凶之前，就已为冯举人做好了脱罪的铺垫，真可谓心思缜密，滴水不漏。如此想来，我心中更对刺客的才能多了几分艳羡。

第九章　案中案

饱餐一顿，我们四人便纷纷起身，与张天奇、张虎儿父子二人拱手告辞。

回衙门府的半路，我见槐兄面色发红，眼神迷离，步履蹒跚，定是醉了。想来刚才张天奇父子二人酒量不凡，更对着槐兄一人连称恩公，轮流相敬。槐兄哪好推辞，只得陪酒，所以才会如此。王御使见状，不忍心苛责，只是和我二人左右搀扶着槐兄，往衙门府缓步而去。

待回到衙门府内，王御使问槐兄可须休息，槐兄却醉意朦胧摆摆手，坚持要一同查案。于是我们四人再次踏入书房，纷纷落了座。见我、王御使二人要开口，蒲先生早道："果然不虚此行，诸位心中对三件不在场的证明，已有些想法吧？"

见我们纷纷点头，蒲先生笑道："好，看来对此已是无须多言。那么诸位不如先少安毋躁，待我先讲个深夜奇谈。"说着，蒲先生正襟危坐，讲道："某年某月某日，晚，月黑风高，一缕暗影如离弦之箭，刹那间从眼前闪过。再看时，只见宋平云狗贼宅邸顶，立着一位满腔热血，路见不平的侠客。他蹲在房顶，无声观察宅邸内的一举一动。忽然，他见院内的武艺人打了呵欠，随即纵身一跃，灵巧地跳进院内，不声不响进入厢房。廊上，他偶遇一位婢女，便毫不犹豫，出手斩杀了正要大叫的她。随后，他轻轻推开两侧房间卧室的门，蹑手蹑脚地行至枕边，四刀，四条人命，四具身首分离的尸体。伸张了正义的侠客，随即偷偷再次推开厢房门。他见中庭伫立着武艺人，便蹑手蹑脚地从身后悄声靠近，逮着机会一刀斩杀。见武艺人未得一击毙命，反倒发出震天惨叫，刺客不慌不忙，再次挥舞手中利刃，割下武艺人的头颅。随即，轻轻穿过中庭，在一片下仆的叫骂声中飘然越墙，消失不见。"

听了蒲先生的故事，王御使连声叫好，而我则想起蒲先生与槐兄口中所说的飞贼团"霹雳火"。猛然想到莫非在宋平云狗贼家当差的雷教头，本是"霹雳火"的一员干将，却叛逃组织，潜逃至为非作歹的宋狗贼家中做了护卫，助纣为虐。查证此事的"霹雳火"首领勃然大怒，当即派了一顶一的刺客杀了叛徒，除去恶霸。至于槐兄，早醉倒在一旁的椅上一动不动。

蒲先生却长叹起来，叹道："莫非各位没注意到此事中的矛盾么？"

听了蒲先生的话，我忙回想起他所述之事，乍看之下，并无异常之处，于是问蒲先生："矛盾何在？"一旁的王御使也随声附和。

蒲先生见我二人不开窍，只是苦笑起来，随即道："既如此，试问二位，身手如此矫健的侠客，为何却在得手后才行至中庭，斩杀了雷教头，却令他发出惨叫？"

我一笑，连忙将我心中所预想，"霹雳火"前来清理门户的假设讲给了蒲先生，更说道："这雷教头，定是侠客原本计划铲除的叛贼，因此特地斩杀。却并没有再斩杀宋平云狗贼后尽速离开。"言罢，我志得意满地笑了起来。

蒲先生却嘴噘得老高，频频摇头。

我见状大为不解，忙问道："蒲先生为何如此不屑？"

蒲先生扭头道："飞，不要轻易下此定论。你且设身处地，想想自己若是行刺的飞贼，会如何行动吧！如此，你便可得知，先前未经细心考虑的论断，是何等荒谬。"

听蒲先生之语，我顿时窘迫不已，连忙思索起来：若我是一名飞檐走壁，熟知刺杀的侠客，接到指令刺杀宋平云狗贼一家，以及叛逃至宋宅的雷教头。我立在墙头，见庭中熟悉的高大身影正举着大刀守夜等等！

"刺客应当先对雷教头下手，方是上策！对身强力壮，守夜巡视的雷教头置之不理，强行潜入宋平云狗贼家中行刺实在是失策。若稍有失手，引来雷教头喊醒众人围堵，只怕覆水难收！"我失声叫道。

蒲先生轻轻点头，道："正是。何况有如此身手的刺客，怎会失手至此？若从身后直接割喉，便可无声袭杀，却怎能引来雷教头大叫，吵醒一家恶仆？"

我听蒲先生这句话，也连连点头称是。想这侠客，若是只打宋平云狗贼一家的主意，却也必然要除掉雷教头这一大威胁。即便如此，也当先下手为强，先刺杀雷教头。设想拥有此等身手与才智的刺客，竟对雷教头视而不见，只顾潜入厢房刺杀宋平云，未免过于冒险。况且不止于此，侠客更在大功告成之际，没有选择悄声溜走，而是与雷教头在敌人巢穴以命相搏。这是何等愚蠢？但除去这两种情形，此事还有其他的情形吗？

至此，我只得对蒲先生无奈耸耸肩，摇了摇头，表示自己已经无能为力。

蒲先生笑道："飞，若坚信是外来的侠客刺杀了宋平云一家，的确无从解释这荒唐的行事方针。但事实却另有玄机，飞，你可知凶手何必砍了雷教头的头颅提走？"

我连连摇头，想到令人身首分离，定当是为报血海深仇之人所为。只是有什么人，与雷教头有如此的深仇大恨？对雷教头仅有耳闻，我却哪里晓得他与什么人结了怨仇？

蒲先生见我冥思苦想的样子，笑道："这无头尸首，飞，你可曾想过，并非是雷教头的尸身？"

听蒲先生这句话，我当即大惊失色，怎没能想起却如此重要之处！但我却对蒲先生摇头说道："虽然无头，但雷教头被斩杀之际发出别具一格的惨叫，却不会被记恨他的家仆们认错吧？"

蒲先生一笑，道："飞，你可认为，如果此案中雷教头从没发出过一声叫便毙命，一切便在情理之中可得解释了？"

我点头答道："正是。若雷教头遭侠客一击毙命，死在中庭。随后侠客又进屋斩杀宋平云狗贼一家，再悄声而出，不留痕迹。如此一来，才是合情合理。"

蒲先生笑道："飞，既然如此，何不判定雷教头的惨叫，必有蹊跷？"

"那又如何？"

"飞，"蒲先生苦笑起来，"其中缘故很是简单。你只须稍加思考，便可得到结论。"

随即，蒲先生再不说话，只是笑眼看着我。我知道这是蒲先生让我自己谋划，于是心中盘算起来：依着蒲先生的意思，那倒在尘埃的无头尸，并非是雷教头的。但雷教头的惨叫却回荡在宋狗贼宅邸间。便是说，是雷教头和某人争斗时，所发出的……

我顿时猛抖一个机灵，感到不寒而栗："蒲先生，莫非……雷教头是行凶之人？是他杀死了宋平云狗贼一家?!"

喊着，我连忙检查起其中的可能：雷教头先杀害某与自己身形相近之人，随即在案发当晚假装守夜，偷偷踏入厢房，斩杀宋平云狗贼一家。得手后，他将尸首搬至中庭，挥刀割下头颅，随即自己发出一声惨叫，再砍了尸体首级，翻出墙逃走……

"原来如此，这才是侠客手中提着'雷教头头颅'的缘由！啊！啊！"至此，我早被侠客精心设计的诡计惊诧不已，连连呼喊出声。

在惊诧间，蒲先生与我拍拍肩膀，道："飞，事到如今，被同样的手法再摆一道的滋味如何？这狡猾的刺客，却实在有些手段！"

经蒲先生一说，我才回想起惊死李县令的刺客。想来蒲先生认定，此人擅长通过关联极强的片段，诱使目击者下意识产生错误联想，得出与事实南辕北辙的结论……便是说，在此案中，宋狗贼家的恶仆听雷教头的惨叫，见倒在地上与他相似的尸身，便不假思索认定受害者是雷教头。才会中了他早设下的陷阱。

蒲先生笑道："虽两起案件不同，但凶手所采用的核心诡计却如此一致，这两起案件定是一人所为。"

蒲先生话音刚落，在一旁沉默许久的王御使如梦方醒，连声称赞蒲先生神机妙算。

但蒲先生却丝毫不见志得意满的神色，拱手道："二位，恐怕此事的复杂，还要超乎意料。"蒲先生清清嗓子，又道："二位可曾想过，刺客为何栽赃冯举人？"

听蒲先生语出惊人，我和王御使两人不禁倒吸了口凉气。我连声答道："这话不对！蒲先生，既然刺客随后不惜布下迷局威吓李如松县令，以救冯举人，却怎会栽赃？"

王御使也附和道："严飞兄有理，何况刚刚正如我三人所见，正是那刺客精心设计了三起不在场的证明，助冯举人洗清了罪名，他却怎会栽赃？"

蒲先生轻笑道："既然如此，二位且与我解释清楚，刺客行凶时，为何身着与冯举人无二的衣装，故意被宋平云狗贼的家仆见着？"

我和王御使两人一听，顿时惊得呆若木鸡。蒲先生这话很有道理！如果刺客另着衣装，却怎会引来官府和宋家下仆怀疑冯举人？即使冯举人早早逃离，也最多是个莫须有的罪名，考虑到他身背孩童，又文弱无力，更不会被以此定罪。但经刺客这么一来，冯举人顿时有了被目击的证据，嫌疑被极大加重了！如此说来……

"另外，二位又曾考虑过，刺客在临行前特地拜访冯举人的缘故？"蒲先生继而平静道："正因他这一席话，冯举人才惊得生怕祸事当头，连忙抱起福儿亡命天涯。否则，若冯举人碰巧在当晚与乐当家二人相聚，却不反倒有了完美的证词？若刺客不与冯举人告知，却恰逢冯举人当时与乐当家在一处，衙役们往冯举人家时，正见他和乐当家在热情攀谈，想必会认定宋家的下仆所说是天方夜谭，不予理会。刺客故意打草惊蛇，于是才有了因担心刺客失手引来祸端的冯举人，连夜携福儿两人潜逃。若不是凭借人为的不在场铁证，只怕冯举人在劫难逃！试想，若宋平云狗贼一家遭屠之后，刺客身着冯举人的衣装逃窜，李县令去冯举人家又寻人不得，却在深山中捉到落跑的冯举人，并没有一人证明冯举人整晚身在何处……如此一来，冯举人岂不是必遭定罪？"

听蒲先生这一番话，我直被吓得倒吸一口凉气。但即刻转念一想，道："蒲先生所言虽然在理，但他又亲手设计，为冯举人制造了完美的不在场证明，这岂不是自相矛盾？"

但蒲先生却冷冷答道："策划三起事件，证明冯举人清白的人，并不是刺客。"

蒲先生见我和王御使连连愕然，道："刺客在行刺当晚，是真打算嫁祸于冯举人。但在几日之后，他却改变了原本的想法，却是为了什么？"

见我与王御使两人依然愣着，蒲先生苦笑道："虽然没有十足的把握，但我推想，是因刺客与真正设计证明冯举人清白之人相见，经过协商，刺客才顺从了庇护冯举人之人的意图，转而救下了冯举人。"

王御使惊道："依蒲先生的说法，这庇护冯举人的人，是谁？"

"红玉。"蒲先生毫不犹豫答道。

见我和王御使两人又是瞪大了眼睛不说话，蒲先生便自行继续道："二位莫非忘了张虎儿向红玉询问天降仙女的玄机，红玉却随口编了说辞哄他？红玉绝不是单纯为了戏弄虎儿，而是巧妙掩盖先前布下的疑局。哄虎儿不要执着于当时她亲口哄虎儿上山的话不放。"

随之，蒲先生又皱眉道："如此看来，红玉是早与刺客相识。早知道刺客与冯举人有嫌隙，打算嫁祸于他。所以偷走了王家牛犊藏在南山，以便时刻出手相救。于是案发当晚，红玉敲乐家家门，戏耍张掌柜，巧哄张虎儿，完成了完美的证词，破解刺客的栽赃手段。此后，红玉还说服刺客，要他出手救了冯举人。"随即，他又出神说道："想来福儿也是刺客或者红玉趁官兵离去，出手相救，才幸而活命吧！"

蒲先生讲完，一时间屋内的四人全部陷入久久的沉默。我心中百味杂陈，想苦苦保护如意郎君的红玉，竟在背后付出如此多的心血，却无法与冯举人诉说分毫。甚至将福儿抱回，也只能借狐仙的托词，实在可叹！

再次开口的，还是蒲先生："二位，我在想，那泼皮杨兴曾说，冯举人的亡妻卫氏，曾尝试袭杀宋平云狗贼的事情。"

不等我开口，王御使早脸色一沉，道："那泼皮只知道污蔑良家妇女，实在罪不可恕！要真是宋淫贼害了贞洁烈女卫氏，我非拖他尸首出来，鞭打至齑粉为止。"

蒲先生顿时愕然，忙问王御使道："若我说破此处，王御使莫非真打算如此？"

王御使顿时尴尬起来，挠头道："只是我一时气话，蒲先生不必当真。"

蒲先生却阴沉了脸，沉痛道："各位可记得我曾说过，正常而言，卫氏应当整日被宋淫贼烦扰，没有投缳自尽的机会？"见我和王御使无言点头，蒲先生低声道："事实恐怕是，那宋淫贼扼杀卫氏，又伪装成上吊自杀。至于宋淫贼扼杀卫氏的缘故，恐怕真如杨兴所说，是卫氏伺机刺杀宋淫贼，却被宋淫贼架住，于是在相持之下……"

"气煞我也！！！！"王御使突然如暴雷一般怒吼起来。在椅上醉卧的槐兄，也被这震天吼惊得一跳，惊恐地盯着王御使。

"宋淫贼，你下了地狱也别想安宁！！来人！！与我找到宋淫贼墓穴！！看我鞭尸一千下好好解恨！！"王御使歇斯底里地连连吼道。

蒲先生也被惊得不轻。他连忙一边推着我往屋外走，一边扭头与王御使道："王御使，在下与严飞要查实些广平风土，在此先行告辞。愿鞭尸愉快！"言罢，我哪等蒲先生催促，自顾自往衙门府门口夺路而逃。

却看府内的衙役们，尽数被御史大人歇斯底里的暴喝吓得战战兢兢，急忙往书房赶去查看究竟。

如此一来，我竟与蒲先生两人踏上了名副其实的广平之旅。

第十章　最后一块拼图

出了衙门，蒲先生与我两人一人跨上一匹马，悠然在广平县内四处打转。看着大小高低各不相同的房屋，听着街上孩童相互嬉戏打闹的笑语，又走过各家绿油油的田地，真是好一番百姓安居乐业的情景！赏玩片刻，蒲先生忽然与我说道："飞，此事，我心中已有把握。"

　　我见蒲先生语出惊人，连忙抱拳道："愿闻其详！"

　　蒲先生笑着拉过马头，往南边的村头去。途中，蒲先生见四下没有旁人，便凑上来与我说道："飞，你还记得我曾怀疑，红玉诱使冯举人迎娶卫氏，其中另有蹊跷？以及卫氏落入宋狗贼之手后，竟不惜以命相搏。虽反遭宋狗贼所害，但卫氏谋划刺杀之事，恐怕属实。"

　　我听了大惊：依着蒲先生的语气，卫氏似乎成了被精心安插在宋狗贼身旁，伺机刺杀宋狗贼的间谍？然而，蒲先生并不等我作答，便指指眼前的酒家："飞，待我与张掌柜问些事情。"

　　说完，我与蒲先生二人便拍马上前，随即拴了马，步入酒馆。见了张掌柜，蒲先生与他抱拳道："张掌柜，特地前来询问，四年前遭灭门的宋家，可有在广平本地雇用家仆？"

张掌柜连连点头，道："曾有，曾有！这宋姓的恶霸，约莫八九年前忽然搬来广平，当即出了大价钱揽去几家本地人进府做工。这宋土豪，平日里飞扬跋扈，目中无人，更纵容恶仆为非作歹。李如松县令也奈何不了他。直到四年前有义士将恶棍全家几人悉数剿灭，广平才重获安宁。"

蒲先生忙问："既然如此，张掌柜可知道广平的哪户人家曾在宋家当过差？"

张掌柜抬手指了指在一旁角落，独自吃菜喝酒的中年男子，与蒲先生送了个眼色。

蒲先生会了张掌柜之意，轻声道谢，抽身往角落的酒桌走去。

跟蒲先生身后，我寻思既然有了泼皮杨兴的前车之鉴，这番更要与那角落里孤僻之人打交道，也必定要留心不测。我不由握紧了拳头。

坐在角落那桌的男子听到动静，抬头便看见我和蒲先生两人朝他走去。见蒲先生与他一抱拳，便放下了手中筷子拱手回礼，随即抬手示意我与蒲先生两人落座。

"二位先生，找我有何事相谈？请讲。"男子客气地问道。我看着他质朴的模样，言谈举止间更没有一点地痞泼皮的影子，不禁有些惊讶：他当真曾为宋狗贼家做过仆人么？

蒲先生早开口道："在下蒲松龄。如今受了广平衙门的差遣，特此来与先生询问，当年在宋家当差的经历。"

男子听了，苦笑着连连摇头，又叹口气，方才答道："承蒙先生厚爱，在下李玦。先生如想从我口中听到宋府的情形，请尽管开口问。"

见他面露无奈神色，我忙问："在下严飞，请问方才李玦先生连声叹气是为何故？"

男子郁闷答道："看来二位先生并非广平本地人，所以不知这缘故。正如蒲松龄先生所言，我的确曾在宋家手下当差。这宋当家，平日里蛮横乡里，向来恶评缠身，为人非议。至于与他九年前一同搬来的心腹，也行为不端，被乡人厌恶。我当初见他家以重金招标，所以才应了征，与妻子两人进他家当差。四年前宋当家遇害身亡，许多家仆偷抢了剩下的财产，便一哄而散。我虽重获自由身，但乡里却因我曾为恶棍家仆，很是排斥，不与我往来。因此，二位先生特地来拜访，更肯听我道出心中苦涩，着实让小人受宠若惊。"

听到这些，我顿时对李玦先生生出几分同情。这乡里将对宋平云狗贼的不满，迁怒于为人老实的李玦先生，害他遭了如此不白之冤吧！

蒲先生问："李玦先生，既然在宋府当差多年，可曾晓得宋当家的本名？"

李玦先生恍然大悟道："我早料到宋当家一定有些来历，今天却果然有二位大人追查他的身份！实话说，当年无论在家在外，宋当家都以'当家'自称，无人提及他的名讳。只有一次，我无意间听奶奶姜氏管当家叫'平云'，不知这'宋平云'，是不是二位大人前来寻找之人？"

听此言，我和蒲先生不约而同与对方使了眼色。

李玦先生道："看来是正中二位大人下怀？"

蒲先生答道："正是。宋平云本是朝廷追捕至今的通缉要犯。没料到竟早已丧命于此。"

李玦先生叹道："这宋平云恶贯满盈，他遭遇灭门，实在是罪有应得。只是怕苦了二位大人无法交差。这宋当家死后，家仆间为争夺遗下的财物竟大打出手，晾着他的尸首停在棺内迟迟不下葬。后来几具尸首传出恶臭，有些胆大包天的痞子下仆，竟然一怒之下将宋当家一家四口的棺椁纷纷抬进南山，将尸首统统撇进山中喂狗。故此，只恐二位大人前来寻找之宋平云，已是活不见人，死不见尸。"

听宋狗贼一家下场竟如此惨绝，我心中不免惊诧，又忽然想到大嚷要鞭尸的王御使，只怕他要计划落空了！

蒲先生听了，恭敬地拱拱手，请李玦先生将宋平云一家的灭门案从头到尾再讲一遍。

果不其然，李玦先生当夜的见闻，与杨兴并无二致。只是他虽见了身穿冯举人衣装，翻墙而走的刺客，却并不相信那是冯举人本人。他说道："若冯举人有这般武艺，又怎会遭到本家那些地痞无赖抢妻害父？还不早早出手反抗？"

蒲先生顺水推舟问道："说起冯举人的亡妻，先生可曾在宋府内见过？"

李玦先生顿时羞愧不堪，答道："我知道她是被恶仆抢来的民女，但无力相救，也不敢反对，实在是窝囊！入府第二天，没想到她竟假装与当家亲昵，却突然掏出了剪子，直戳当家心窝，却被当家抓住手腕动弹不得，更被打落了剪子活活掐死。唉！事后当家竟命人将尸首伪装成投缳自尽的模样，却真骗过了李县令，可怜啊！我曾想偷偷报官，但想来遭夺妻的冯举人，都没能要宋平云吃官司。我一个下人能做得了什么？一旦被当家得知，我岂不得被他差那些恶仆活活打死？"

"说起恶仆，我听人说宋家曾请武艺高强的枪棒教头做保镖？此人岂不更会仗势欺人，横行乡里？"蒲先生顺势问。

李玦先生连忙答道："雷教头的确是当家雇来的保镖不假。在当家遇刺当晚，不幸也死在了刺客手上。但蒲松龄先生方才所说的后半句却实在谬之千里，在与他相处不到三个月的光景，我真心敬他是条顶天立地的大丈夫!

"不与二位大人隐瞒,本家家仆的成色,与外人印象中无一例外的作恶多端不同,我们彼此间拉帮结伙,不同派别间有天差地别的行事风格。我与另外几位,是宋当家在广平征召的仆从,自称广平帮。因我们懂得当地的情景,便主要做些跑腿工作。虽然宋家势大欺人,但我们却一向与人为善,不敢造次。另一批,是宋家在北京招揽的地痞无赖。虽不全是北京人,仍自称北京派。这伙人名义上负责家中杂务,却终日游手好闲,只知溜须拍马。他们对广平人傲慢无礼,以皇城上民自居,更仗着宋家势大,嚣张得很。再有一伙,是宋平云原有的四名贴身侍卫,自称四大金刚,都是身强力壮的羌人。这四人早年间便追随宋当家,向来凶恶好斗,稍有不快便要大打出手。虽然常惹出事端,却最受宋当家器重。即使北京派的人,都不敢轻易得罪他们四人。五年前左右,冯举人与别人许给当家的小妾私奔。宋当家本打算出钱赎回,却被他父亲冯鹜破口大骂。宋当家怒不可遏,派出四大金刚中的两位,带领其他一些北京派的人上门索要,却闹出了人命!正是因四大金刚和北京派的人,平日里败坏了宋家的风评,才害得我们老实过日子的广平帮要与他们一同遭遇冷眼。

"至于雷教头,他是四年前宋当家出千金招来的保镖。雷教头本名雷虬,自进家门起,便与四大金刚、北京派不和,反倒与一贯弱势的我等广平帮相处愉快。他平日里虽然经常与我们胡侃不停,很是张扬,但却是个遵纪守法之人。在外更从不惹来事端,很让当家省心。更因他身怀盖世武功,自从伊始便深受宋当家器重。"

"身怀盖世武艺,却怎么被刺客取了性命?"蒲先生插话道,"莫非是四大金刚从中作梗?"

"并不，"李玦先生果然被蒲先生的诱饵钓出了话，"在宋当家遭到灭门的前几天，酒席间雷教头与宋当家并席饮酒，雷教头竟当着四大金刚的面，说府内的护卫只需他一人，不需要四个酒囊饭袋。与他一向有怨仇的四大金刚听了瞬间爆发，顿时在酒席上砸桌摔碗，叫骂起来，惹得宋当家面色难看至极。他沉着脸，命四大金刚若是不服雷教头，便轮番与雷教头过招。哪想到雷教头哈哈大笑，用筷子指着四大金刚，点着他们说一齐上来也不是对手。

"素来飞扬跋扈的四大金刚，怎受得了连番的侮辱挑衅？他们不等宋当家应允，当即一拥而上，抡着拳头叫嚷杀了雷教头。雷教头哈哈大笑，一手握着一根筷子迎战，他不慌不忙躲过他们的拳脚。趁机用筷子点瞎了两人的双目，将两个最凶狠的恶霸打成了瞎眼的残废。随后他又将一人的双臂双腿统统拗断，再对着剩下一人腹部一连几记重拳打昏过去。一顿饭的工夫，四大金刚三个成了残废，一个被揍得倒地不起。宋当家见毁了酒席，砸了家具，暴怒不已。他对四大金刚大骂一顿，竟落井下石，将原本深得宠信的四人统统赶出家门。"自豪地讲罢，李玦先生却忽然叹口气，道，"只是没想到为广平多少百姓报仇雪恨、铲除四霸的雷教头，竟然没过两天被卷入了刺客事件，被杀死了！只可惜了身怀绝技，曾镇守边疆令羌人闻风丧胆的英雄！我们广平帮平日受了他许多庇护，无以报答，只能将他埋在乱葬岗寻个归宿。"

蒲先生愁容问道："雷教头与宋平云狗贼一家尽数被杀，那仅存的四大金刚可曾折返报复？"

李玦先生撇嘴道："那四大金刚虽然人高马大，但实则狼狈为奸，仗着人多凶狠欺人。如今三人成了三个残废，只剩下秦野一人孤掌难鸣，怎敢回府闹事？大概是秦野一人拖着三个残废回了乡吧！"

听李玦先生这番陈述，我心中暗想：恐怕当晚倒在宋狗贼宅邸中庭的无头尸首，正是仅存的四大金刚秦野。料想身为真正刺客的雷教头，要找借口与秦野决战，这厮岂有逃避之理？想是在决战中秦野遭杀害，随后被雷教头偷偷带回府内，当晚成了无头尸吧！至于当晚被雷教头提走的头颅，也应是秦野之首。

正在思忖间，李玦先生忽然叹道："那刺客斩杀宋当家，的确大快人心。但他却误杀雷教头和香儿，实在令人心痛惋惜！"

"香儿是？"我好奇问道。

"当晚在厢房内被害的婢女？"蒲先生不假思索地答道。

李玦先生点点头，悲伤道："香儿当晚，定是去当家的厢房廊中取些点心与猫狗，却不料被闯进屋行凶的刺客正撞见，才惨遭毒手！香儿本是个被宋当家收养的本地童女。只有她，天真无邪，丝毫不顾帮派间的隔阂，常常拉众人一起围坐，与她讲起各自所知的奇闻趣事一同开心。每每听到趣处，便拍手甜甜笑起来。我们相互对立的三派人马，包括宋当家一家，都对她无一例外地关爱备至。她人很善良，经常偷偷取些点心喂流浪猫狗。家里的众人，包括当家和奶奶，对她偷拿点心都心知肚明，但没有一人愿拆穿她。奶奶甚至常备些点心，放在厢房门廊的柜中方便她取用。只是没料到命案当晚香儿竟被刺客撞见，惨遭害命。可惜！可叹！"

听到此处，我心中顿时郁闷连连。想那除暴安良的雷教头，竟不得不斩杀无辜少女灭口，更加唏嘘不已。

随后，蒲先生与我二人又简单与李玦先生闲谈几句，便与他道谢告辞。又别过张掌柜，我们二人出门上马，再次漫步开来，依着蒲先生意思往南山悠然前行。

淯先生叹道："宋狗贼的下场、雷教头的凶狠、香儿的无辜，实在令人感慨良多！"我正待随声附和，蒲先生早又道："飞，与我往六十里外吴村一行。"

　　我连忙道："蒲先生，六十里来回，便是一百二十里路。如此的距离，我二人必要一路打马奔驰才得在今日往返，还怎能顾得上玩赏沿途的风景？"

　　蒲先生闻言绝倒，道："飞，我一介喜好鬼神奇谈的迂腐书生尚在努力查案，你身为正在办案的捕快，怎能懒惰推辞？"

　　我忙答："当然没有此意。我是怕在吴村耽搁，误了查案。难道六十里外的异乡，还有此案的关键证据不成？"

　　但蒲先生漠然答道："飞，实不相瞒。在我心中，此案只剩下最后一片拼图还待核实。若在吴村的情况与我心中所设想的相同，便可还原案件的完整原貌。"言罢，蒲先生一躬身，猛地打马，如离弦之箭般沿山路飞驰而去。

　　我见状，顾不得细想蒲先生的断言，连忙打马，紧随其后。

　　过了约莫半个时辰，我和蒲先生一路飞奔，便到了冯举人亲家，卫家所在的吴村。进了村，蒲先生与街边行人问起卫家的下落。但被问到的年轻人却一愣，连连摇头道："先生莫非是记错了？本村哪有卫姓的人家？"

　　我正在惊诧间，蒲先生却并未追问，而是简短道了谢，便往别处搜寻。不一时，又见一老妪，蒲先生忙跳下马，与她问起卫家的下落来。

　　老妪微微皱眉，轻声叹道："几年前，本村确曾有过一户卫姓人家，只是这神秘人家如今早已家破人亡，只剩下无人的空房。"

　　蒲先生如见了金子，两眼亮闪闪追问道："老妈妈，何为神秘？"

老妪答道："老身的记忆已有些差了，若有失准之处，请二位见谅。记得八年前，有户人家忽然来到村中落脚。这户人家有中年的夫妇两人，带着一男两女三个孩子。我们这些当地人见他家行囊众多，本想上前协助搬运，却被这家人婉拒。等这户人住稳了，却并不与村中其他人家往来，邻里之间仅仅是点头之交。我们也只是知道这户人家姓卫，除此之外，再一无所知。

"这户人家很是不幸，原本俊俏的儿子只有十多岁，却敢每日只身上山打猎。有好心人劝他太过危险，坚持与他同行。却见他在山中健步如飞，身手敏捷，难以跟上他的脚步。见他每每收获颇丰，也便不再担忧，自由他去。但没过多久，这儿子一日出猎之后，再也没有回家。夫妇二人心急如焚，报了官，却仍寻不见下落。甚至连尸首也找不到。时至今日，仍不见踪影，只怕是已经葬身兽腹中了。

"两个女儿，曾有好事的年轻人见到，四处宣扬她们两人的美貌，称赞是宛如下凡仙女般的国色天香。一时村中小伙子们跃跃欲试，往卫家提亲的人络绎不绝。这卫家夫妇却是贪得无厌，竟趁机坚持索取离谱的彩礼，足足四十两黄金！且不说他们的千金可否真如传闻中的标致，光是这四十两黄金，对本村中的平凡人家，穷极一生之力也无从得来。想这夫妇定是不打算嫁出女儿，故才讨要如此离谱的彩礼……却也有些蹊跷，想在将近六年前，邻村名门冯家长子带了人马，浩浩荡荡前来提亲。据说他当即便取了黄金四十两，交予卫家夫妇。卫家夫妇见了灿灿黄金顿时堆笑满面，连声答应。不只如此，还租了花轿，亲自把小女儿嫁去了冯家。近两年，老身偶有耳闻，说那冯家儿媳是伶俐狐仙。如此想来，莫非卫家一家，本都是隐居在此的狐仙？"言至此处，老妪又连连拱手道："老身刚刚失言。看二位的装束，定是前来问个究竟的官府人。老身竟与二位讲起这捕风捉影的传言。恕罪，恕罪。"

我与蒲先生二人连忙安慰她两句。随后老妪又道："且不提小女儿。大女儿则是多年来始终守在夫妇二人身旁。直到四年前，夫妇二人忽然无端投缳自尽，村里一时哗然。大女儿送了夫妇二人入土，随即大哭一阵，便就此只身离去，再也没有回来。"

听罢，蒲先生询问老妪卫家宅邸所在，老妪手指向西道："二位大人，当年卫家在西村头的宅所废弃已久。恐怕没剩下什么物件。"

蒲先生微微点头，随即拱拱手，与老妪称谢道别，接着催我上了马，往村外走去。

我正打算询问他查证的结果，蒲先生早抢道："飞，此案已经得解，速回广平！"话音未落，他早挥鞭打马，飞奔出去。

我一惊，连忙打马追上。正要开口询问，不想忽然一声炸雷响过，我猝不及防，被惊得在马背上一跳。蒲先生调笑道："大丈夫亦畏雷乎？"

正要辩解，我却脑筋一转，答道："圣人迅雷风烈必变，安得不畏？"

蒲先生大笑："好个问答！说来飞，你既然晓得煮酒论英雄，想必也熟知美人计的典故吧？"

我连声道："这怎会不知？这可是东汉末年，司徒王允为铲除恶臣董卓谋划的良策。他以天下无双的美人貂蝉为饵，离间了董卓老贼与护卫吕布，最终人中吕布果然应诏手刃董卓老贼。这般的传世奇谋，我们这些读书人怎可能不知？"

蒲先生答道："飞，虽说这计谋本是罗贯中杜撰，但你可曾想过，此计若真在现实中发生，将是怎样的情形？"

我略加思索答道："自古以来便有'怒发冲冠为红颜'的说辞，我怎能不当真？有人说国贼吴三桂也是为爱妾倒戈了，降了旗人。我想若真有人以美人为楔子离间，必定成效不凡。"

　　蒲先生点头道："飞，你既如此认定，可能识破冯举人案中的布局？眼下已到解谜之时。与往常不同，飞，这次我邀你与我通力将谜底揭开！"

第十一章　尘埃落定

听蒲先生欣然邀请，我连声称谢，答道："承蒙蒲先生看得起。既然如此，我们二人从哪里入手为好?"

蒲先生道："雷教头计刺宋平云，又陷害冯举人。而冯举人被红玉设计所救。红玉与雷教头两人相熟，交涉后雷教头从了红玉，救出冯举人助二人团聚。这是你我二人均认可的推论?"

我连连点头称是。

蒲先生道："我们怀疑，红玉与冯举人被拆散后，刻意点了卫氏嫁到冯举人家中，但同时宋府内的仆人却纷纷表明是有人先将卫氏许诺给了宋狗贼做妾。卫氏与冯举人相守两年，便遭宋云平狗贼所夺。在宋狗贼宅中，卫氏假装顺从，却图谋刺杀宋平云。宋平云狗贼疑心冯举人报复，便增设府内护卫的人手，正让雷教头趁机混入宋平云狗贼家中，实施了无头尸的诡计斩杀宋平云狗贼全家。这三处，是我节选的案情，不知飞你意下如何? 可能见到其中的微妙玄机?"

听蒲先生罗列三事，我忽然不寒而栗。正要开口，深灰的天空又忽然白光一闪，随即传来一声炸雷，紧接着瓢泼大雨轰然泻下。

第十一章 尘埃落定

179

蒲先生听得响雷被惊得一跳，大叫了起来。

我见他如此狼狈，禁不住说道："蒲先生刚刚怪我被雷吓着，如今自己不也……"话音未落，蒲先生早狠狠抽马，对我吼道："不好！飞！速速与我赶回广平衙门！！"见他举止奇特，我连忙纵马紧追，问道："出了什么大事？"

蒲先生不答，大叫道："飞，你可见美人计再世？"

我连忙道破方才的疑心："依蒲先生所言，貂蝉是卫氏，吕布与董卓，却是冯举人与宋平云？"

蒲先生甩头道："正是！飞，你可曾想过，何人是王允？"

我听得一愣，随即答道："依蒲先生的意思，将卫氏引荐给冯举人之人是红玉，便是红玉充当了王允一角了？"

蒲先生点点头，压过撞击地面的雨水声喊道："正是！"

随即我思忖道，如今冯举人与佳人相守，过着神仙日子，而宋平云却身败名裂，尸骨甚不得留全。于是答道："如此说来，眼下红玉与冯举人两人恩爱度日，便是说她最初的图谋，果然是宋平云狗贼了么？"

蒲先生叫道："正是！飞，你想那曾尝试手刃宋狗贼的卫氏，却也不是与红玉的图谋相同？"

听了蒲先生所言，我将与蒲先生方才所说的一切连接起来，将事件返回四五年前：卫氏图谋宋平云，便嫁给冯相如，同时许给宋家做妾。于是迂腐顽固的冯鹜与一贯蛮横的宋家果真起了冲突，冯相如在遭杀父之仇、夺妻之恨后对宋平云咬牙切齿，卫氏也得趁着被抢去宋家的机会深入敌后，执行刺杀。至此，我不由问蒲先生道："可蒲先生，卫氏也是不自量力，她一个弱女子刺杀宋平云怎会轻易得手？竟送了命。"

蒲先生抹去满脸的雨水，喊道："飞，你已得此案精髓！先不论此处，你且考虑，为何红玉推举卫氏嫁入冯家？而红玉又是何等姿色？"

我连忙想来，却不由一惊：红玉与冯举人偷香几月，直到被冯鸷发现，赶她出门，才不舍离去，第二天却携了重金，要冯举人迎娶卫氏代替……"原来如此，蒲先生！"我大声吼道，压过雨水如瀑布泻下的巨响："本应以红玉为饵，所执行的美人计，竟不慎失手，因此才由卫氏替补！"

听蒲先生大声赞同，我随即道："蒲先生，红玉如此聪慧，却怎会失手？"

蒲先生答道："红玉本想手刃宋平云，却没料到自己竟相中了冯举人！倘若执行美人计，她将被歹人夺去，进而借机刺杀宋平云。试想宋家的众多护卫，即使得手，她却怎能脱身？更如何得以与意中人相守终生？"

"蒲先生怎能推定红玉心愿如此？"我问道。

"岂忘了红玉在冯举人一无所有之际毅然只身投奔？"蒲先生答道。

我惊道："竟当真为情所困，不顾大计？"

蒲先生叹道："飞，若你自己有见得意中人的一天，便可体会'冬雷震震，夏雨雪，天地合，乃敢与君绝'的心情吧！"

听蒲先生玄乎的说辞，我将信将疑微微点头，又道："既然如此，蒲先生可愿意道来卫氏一个弱女子冒险刺杀宋平云的缘故？"

蒲先生叹道："这我不知。但以我揣测是因复仇心切，擅自行动所致。另外，飞，你可想起宋平云雇用护卫是为什么？"

头顶倾盆大雨，我大喊道："因与冯家结怨，加强防范。"言罢，我猛一怔，忙道："蒲先生，难道美人计并非单是为了卫氏混入宋平云狗贼家中，而是为宋平云与冯家结怨，诱使宋家另招护卫，不觉间引狼入室的缘故？"

蒲先生吼道："大概如此！"

我忙高声叫道："可宋家仆从众多，还怕一个冯举人一介文弱书生不成？"

"飞，你岂忘冯举人初见刺客时，曾误以为他是宋家派来的侦探？我想冯举人之言并非空穴来风，而是宋家密切监视冯举人，让他早有察觉的缘故！想必宋家担心冯举人拼死复仇，心有忌惮不假！"

听此言，我再次串通线索，便是共有三人图谋宋平云狗贼：红玉、卫氏、雷教头。他们三人自伊始，便计划以红玉作为诱饵，引发冯家与宋家之间的仇恨，进而趁机令雷教头混入宋平云家中，实施无头尸诡计斩杀宋平云狗贼全家。如此狠毒、缜密的计谋，着实令人不寒而栗！想至此，我问蒲先生道："雷教头、红玉、卫氏是何方神圣？"

蒲先生答道："飞，卫氏是吴村卫家之女。老妇说过，当初夫妇二人携一男两女，于八年前住进吴村，恐怕那三个孩童正是红玉、卫氏、雷教头三人。而这五人入住的吴村，距宋平云狗贼所在的广平只有六十里，岂不正像猎人寻到猎物，潜伏到身边埋伏，伺机而动？"

又一声惊雷响过，我大喊道："正是！那么卫氏一家五口，却是怎样的来头，竟会呕心沥血，不惜以如此代价袭杀宋平云狗贼？"

只见蒲先生的发辫随着疾风暴雨忽然吹散开来，他一时间披头散发，与我答道："飞，十年前，张青云遭宋平云陷害身亡时，皇上曾去他家检视状况。当时只有两位仆人夫妇服侍接待，岂不正似卫家夫妇？王御使曾说起，坊间传言张青云的千金那时正在外地游山玩水，虽幸免于难，却从此下落不明。而这下落不明的张青云千金，却不正是红玉与卫氏，这对复仇心切的姐妹？"

我闻言不忍住大声惊道："竟然是这样?!"然而细细想来，却是最为合理的解释。随即我连忙开口向蒲先生问道："红玉、卫氏二人虽然有了来历，但雷教头却是何人?"

蒲先生大声答道："此人，远在天边，近在眼前。飞，你可想与这位奇策百出的奇侠相见?"

我连声惊叫："雷教头武艺高强，机智果决，我当然想一睹尊容!"

蒲先生犹豫片刻后，向我大声吼道："那奇侠，正是你再熟悉不过之人，魏槐!"

见我愕然如同雕像，蒲先生喊道："十年前，张青云遭宋平云陷害身亡时，魏槐与你不辞而别。九年前，逃窜的宋平云狗贼进驻广平。八年前，卫家夫妇带一男两女住进吴村，男孩没过多久消失在山中，不见尸骨。不久，魏槐在广平衙门府任职。四年前，魏槐兄自称调离广平。不久后，雷教头出现在宋平云家中。又过三个月，雷教头设计杀宋平云后脱身。第二天，魏槐返回广平。"

听蒲先生罗列一件件不可辩驳的铁证，我愈发惊诧，心中也绞作一团乱麻。没料到当年的兄长背井离乡，竟是受了如此剧变!经历如此困苦，今日我竟还无意间追查起他来，实在是令我痛心不已!

随我逐渐恢复理智，盘算起来，槐兄不但斩杀当朝要犯，更惊死与其狼狈为奸的同党，原本是大功一件，但他却并不邀功领赏，这是何故?正疑惑间，我想起，槐兄或许是不愿牵扯出他与红玉、卫氏三人为斩杀宋平云狗贼，而将冯举人玩弄于股掌之间之事。倘若冯举人得知，只怕他勃然大怒，再不与红玉往来，坏了红玉的终身大事。

随着耳旁风声，我打马与蒲先生说起心中想法。

蒲先生听得大声道："飞，凭借魏槐兄的才智，只怕早在装醉间预料到你我二人此行收获。若他当真打算包庇红玉，又为香儿的枉死赎罪，只怕他……"

我顿时吓得面无血色："会自尽!!"我与蒲先生二人异口同声吼道。

分秒必争，我霎时摒弃一切杂念，只顾拼尽全力，催马在滂沱大雨中疾行。

奔下山坡，见了雨中的张掌柜酒馆，我与蒲先生两人更加紧打马，直闯进衙门府大门。在屋檐下避雨的衙役们，见了如同落汤鸡的我与蒲先生两人，慌忙迎上前牵马。我二人纵身下马，顾不得道谢，一边全速冲向书房，一边大叫槐兄名字。

王御使听见我与蒲先生两人高叫，连忙出了书房查看。他看我两人被雨水浸得狼狈不堪，连声道："待我与二位寻些衣……"

蒲先生早大声道："王御使，魏槐兄现在何处？"

王御使见披头散发的蒲先生窘急相问，惊道："方才自称醉酒不适，回房间歇下了。"

蒲先生与我一个对眼，便双双甩着湿漉漉的马褂，并肩往槐兄的寝室狂奔。王御使见状一愣，却也起身追了上来。

奔至槐兄门前，蒲先生推门大叫道："魏槐兄，开门，开门哪!"见屋内并无动静，我不由分说，纵身便撞。蒲先生见此，也用力撞起门来。王御使方才气喘吁吁追上，见我二人拼死撞门，他也毫不迟疑，挺身撞上来。

随着木闩爆裂的声音，我抢进屋内，赫然见槐兄吊着白绫悬在房梁上，面如死灰。我哭喊一声："槐兄!"一步蹿上桌，抽出佩刀割断悬在梁上的白练。

蒲先生与王御使两人接住槐兄，王御使便连忙将两指搭在槐兄脖颈处，急切道："还有救！还有救！"便飞奔出门去找郎中。

彦宁医生仔细为躺在榻上的槐兄把脉，方才如释重负，扭头与我、蒲先生、王御使三人说道："所幸魏名捕并无大碍！也亏诸位大人发现得早，不然本县真要失去一员得力干将！"听彦宁医生之言，我三人才稍稍宽心，连连与周医生道谢。

这时，我忽感周身一阵彻骨冰寒，不禁打了个寒战。

"大人，身着湿透的衣装极易伤寒感冒，还请速速更换！"听我牙齿打战，彦宁医生手指我湿透的马褂道。

我听了彦宁医生建言，连连点头称是，便与蒲先生两人转身抱臂，哆哆嗦嗦往自己屋内跑，换上干净衣服。

出了门，再次踏进槐兄屋内，只见王御使热情端来两杯热茶。见御史大人亲自上茶，我与蒲先生两人忙称不敢，恭敬接过。随即彦宁医生仔细嘱咐了我们三人，称槐兄明天定将安然无恙，无须挂虑。见我和蒲先生依旧冻得面色苍白，他又与我俩叮咛几句，便拱手告辞，出了门撑伞离开。

随即我与蒲先生二人便依着彦宁医生的叮嘱，裹了厚被子，一同盘腿坐在炉边取暖，活像两个烤火的大粽子。

火炉旁，王御使上前道："多亏二位及时返回，否则真要误了大事！我竟丝毫没有察觉，几乎害得广平失去一位得力干将！实在让我无地自容！"王御使说着，痛心疾首状连连摇头。

蒲先生道："不怪王御使，只怨我和飞没能早早回来。魏槐兄这些年来独自承受太多，令人痛心。"

王御使连声问道："蒲先生，这究竟是何人，竟胆敢潜入衙门府内，在光天化日之下将魏名捕悬在梁上扼杀?"一听，我才想起还未与他说破这一系列事件的真相。

　　蒲先生长叹一声，便将我二人在返程路上的推论如数告知王御使。王御使听毕大为震惊，手中茶水早浑然不觉间洒在地上。"没想到我当年去张青云先生府上吊唁时，接待我的两位忠厚仆人夫妇，竟会日后下了如此的决心复仇！"王御使感叹道，"这夫妇二人本可与官府告发宋平云狗贼下落，让官府发落。不想竟非手刃狗贼不可，换来如此惨痛的代价。"

　　蒲先生却摇头道："并非如此简单。想宋平云狗贼在十年前，竟能在查案间得到半数钦差的庇护，更在皇帝批下抓捕的短短时间内听了风声逃之夭夭。恐朝中上下多有包庇他的同党。若夫妇二人轻易向官府告发，极可能早在皇上获知前，便被人拦下。不只如此，更怕遭到宋平云同党出手灭口！想来冯举人告到省督抚无果，更说明省督抚也同样是包庇宋平云的党羽。"

　　王御使狠狠道："我定要叫那省督抚死无葬身之地！待我寻到四年前何人任此职位，他就要死了！"

　　等王御使言罢，蒲先生与王御使拱手道："王御使，关于魏槐兄之事。在下有个不情之请。"

　　王御使连忙抱拳回礼："蒲先生何须与我客套，直说便可。"

　　"宋平云一案的真实情形，只求王御使务必与他人保密。"蒲先生道，"若冯举人得知真相与红玉翻脸，此生永不相认，成为仇敌，正是魏槐兄所担忧之事，也是他寻死相护的缘由。"

　　王御使连声称是："依蒲先生所言！宋平云的灭门案早已尘埃落定，冯举人和红玉二人恩爱度日，魏名捕更是守护此地数年，兢兢业业。我们便顺其自然，替魏名捕圆上红玉的狐仙传说为好！"

蒲先生感激道："王御使多费苦心。只是我有些担心，怎样回报朝廷为好？"

王御使笑道："蒲先生大可不必为我烦心？我便写李县令患了癔症，久病成疾，终不治身亡便可。朝廷并不会再多过问，勿念。至于冯相如举人，我自然会为其单独拟出沉冤昭雪的状子，拿下宋平云的同党，蒲先生和严飞兄也不必担心。"

我与蒲先生两人听得，连声作揖称谢。

王御使又与我二人回礼，忽然问道："蒲先生，我却有些好奇，卫氏夫妇为何选了冯相如作为美人计中宋平云狗贼的仇家？"

蒲先生答道："一来，冯家世代书生，只顾闭门苦读，人脉寥寥，与宋家自然不会有交集。这两家之间因卫氏而起的矛盾，绝不可能协商和解。因此充分避免了计划穿帮；二来冯相如之父冯鹜，是著名的火暴脾气。倘儿媳若遭人欺，定会愤而反抗，便极有可能再遭不测，惹出更大祸端。以坚定冯举人的复仇信念，威慑宋狗贼再雇用人手保卫；三来冯家是文人寒门，倘若心怀深仇大恨，大有放手一搏的可能，对宋平云是个极大威胁。若是寻个富足的人家，只怕会忍气吞声，不与宋家争斗，更甚者收了宋家礼钱，将卫氏相卖。"

王御使连连点头，道："卫家夫妇二人果然不凡，竟深谋熟虑至此！"

我也问道："蒲先生，宋平云狗贼既然忌惮冯举人，却不抢先出手加害，是因什么缘故？"

蒲先生笑道："飞，怎能问出如此幼稚之言？对于他这等受人庇护的官府要犯，原本已经欠下了很大人情。自然更不愿惹是生非，引来注目，再请同党庇护。我敢断言，对于包庇他的省督府，宋平云必定出了大价钱打点。何况广平县人已见着宋家夺了卫氏，若再出手杀害冯举人，岂不是不打自招，只怕引发公愤，生出更大祸端。"言罢，蒲先生又叹道："不提这些，想魏槐兄至今仅有一次失言，却被我抓住要害，满盘皆输。"

我与王御使一愣，忙问蒲先生所指什么。蒲先生笑道："当初飞听了卫氏的姓氏，只与他打诨，问他可知此同姓人家。岂料他却答道：'禁卫之卫与魏阙之魏，怎得混淆？'飞，这却多亏了你。"

王御使惊叫连连，恍然大悟道："魏名捕既从未听过卫家，却从哪里得知这户人家的姓氏，是禁卫之卫？严飞兄无意的调侃，竟引来槐兄画蛇添足，反倒露出马脚。"但我却丝毫没有得意，反倒满是愧疚。想来我受了槐兄许多照顾，非但没有报答，竟然无意间害惨了他！我顿时对自己无意之语恼恨不已。想到槐兄早年便背井离乡以报血海深仇，如今更只剩下永世不得相认的红玉一名亲属，实在令人心痛不已。

伴着久久的沉默，我与蒲先生、王御使三人逐渐困顿。于是王御使便喊了府内的衙役，细心叮嘱他们几人仔细照顾槐兄，随后便与我和蒲先生道别，先行休息。我与蒲先生二人见此，也起身相互告辞，回屋睡了。

第二天，我早早醒来，见朝阳还未升起，听四下传来的几声鸟啼，便在清冷间起身着装，往书房走去。

推开门，只见王御使早伏在案上全神贯注写着文案。他看见我，笑道："严飞兄今日可真是早。我正草拟李县令身患癔症而死的奏折，不知严飞兄可愿一看？"正言间，只见书房门被再次推开，蒲先生大步踏入，拱手道早。王御使见了，连忙招呼蒲先生一同上前，检查他笔下的文案可有破绽矛盾。

一同研讨了小半个时辰，我忽听见木门被猛地推开。我连忙回身查看，只见槐兄伏在地上，道："我魏槐甘心受罚，只恳求诸位勿将此案实情与外人说起！只怕冯相如……"

话音未落，我、蒲先生和王御使三人早弃了手中文案，连忙上前将他扶起。

王御使答道："听蒲先生说起魏名捕的履历，既然魏名捕斩杀了朝廷要犯宋平云，又除掉枉法的李如松，都当是大功一件，我却怎敢私自惩罚？"

槐兄身子几乎躬到膝盖，连连作揖道："惭愧，惭愧！我误杀无辜婢女，更欺骗冯举人，都是不可饶恕的大罪，哪敢居功自诩？只请诸位勿与他人道破其中真相！"

王御使见此，连声答应槐兄不再追究，更发毒誓表明不会对外人提起。随即他笑道："实不相瞒，我们正在此草拟李县令癔症不治的奏折，魏名捕大可不必忧心。"言罢，王御使拽着槐兄，让他审视了草稿一遍，槐兄阅罢连连称谢。

于是，我们三人便盛情邀请槐兄道来铲除恶贼宋平云中的一切玄机。蒲先生更连声道："魏槐兄无须多虑，只是我想核查自己的推论是否准确。"

槐兄见我三人连声恳求，也便盛情难却，待他在藤椅上坐定，便将此事娓娓道来。

"先前与飞兄扯谎，深感愧疚，只愿飞兄宽恕这背叛之罪！"槐兄说着，与我连连抱拳，又道，"先让我与飞兄说明儿时之事吧！我本是北京左都御史府内仆从，卫惠文之养子卫槐。至于我父母两人，均是张青云大人抱养的路边弃婴。因此张青云大人对我父母二人而言不只是主仆，更是有救命之恩的再生父母。二老对张青云大人一片赤诚，从未有过半点违逆，更是每事必先顾及张青云先生的利益。

至于张青云大人，他为人为官，向来耿直无私；对贪官酷吏毫不手软，更不曾收取分文贿赂。时下，被拥戴他的百姓唤作铁面判官，享有美名。张青云大人育有两子两女，长子与次子清云、德延二兄弟在朝中为官，都是清廉为政、仁而爱民的守法良官。两位千金，分别唤作红玉、碧玉，与我只是稍有年长。张青云大人命我与四人以兄、姐相称，从不提主仆。想八岁那年，我护着二位小姐上街玩耍，却不想撞见宋平云狗贼家的恶仆，那贼眉鼠眼的小厮欺我年少，竟将我推开，去抢碧玉姐姐手中的孔明锁，摔在地上碎了。碧玉姐姐被夺了心爱玩具，只站在原地大哭。我不禁怒火中烧，扑向那小厮拼死相争。撕扯间，我连遭重击，情急之下伸手戳瞎了那泼皮双眼。见那泼皮满地打滚，我便连忙抽身护着两位小姐匆匆回家。

没想到我回府与父母说起这事，二老竟训斥我为张青云大人惹出祸端，将我一顿毒打。张青云大人回了府，见我正被二老悬在房梁上死打，连忙劝住。待我父母二人与他道明实情，张青云先生惊愕连连，称我果真惹上事端，更道那宋平云狗贼之势，深不可测，只怕我被追究，害了性命。于是他连夜将我送往山东淄博一处中年无子的朋友家寄养。于是，我才与飞兄相见。"

槐兄见我满脸惊讶，笑笑与我道："那时候，飞兄还是五岁稚童。一次偶然间，我与他分享了两枚糖果，却没料到飞兄竟从此终日追在我身后，称我为兄。这也真是天赐缘分。"我头次听说与槐兄相识的经历，不禁好奇问道："槐兄当年给我糖果是为何故？"

槐兄笑答："只是见飞兄那时憨态可掬，很是乖巧。至于临行那年，飞兄不知从哪里学了功夫，身手极其敏捷，丝毫不输大他两三岁的玩伴。"我刚要答话，槐兄却忽然收敛了笑容，垂眼道："只是十四岁那年，一日黄昏时分，我正要回家进门，却见门口立着一位浑身黑衣的男子，似乎在等人。他见了我，不容分说便走上前，递给我一封父母署名的密函，道：'本家生了剧变，你当连夜赶往开封，与小姐会合。待接着小姐，一同潜往兰陵老家，听候父母指示。'言罢，男子又低声道：'西村外的灌木中，拴着为你备好的马驹，待你回家整顿，当即刻出发，片刻不得耽误！时间紧急！'言毕，男子当即快步离去。"

蒲先生惊问："魏槐兄，这黑衣男子是什么人？"

槐兄叹道："徐梦龙，是张青云先生的密友。我在北京时曾见过，只是那时他衣着怪异，一时没认出来。那时张青云先生尚未昭雪，徐梦龙本应牵连被诛。可惜他回报时，被京城的卫兵拦下搜身，眼见身份要被拆穿，他跳上马打算逃走，却被城门上的弓箭手射死。实在可怜！"

听了槐兄的话，我们三人纷纷垂眼哀叹。片刻，王御使问道："魏名捕，徐梦龙所指的小姐，莫非正是红玉与碧玉？"

槐兄点头答道："正是。当晚我趁恩公一家入睡，悄悄起身，点起蜡烛读信。信中称张青云先生受了宋平云狗贼的栽赃，九族悉数被诛。如今二位小姐在外游玩，尚未遭毒手，我应当即刻起身，在官府找到二位小姐前，先带走二位小姐藏好，躲过官府追捕。阅读毕，我大惊失色，连忙简单备了行礼，将父母信中提及的坐标熟记于心。随即烧毁书信，径直奔往西村外的灌木丛。寻着马驹，我便连夜直奔开封，找二位小姐。待我很快找到二位小姐，便又连夜带她二人往兰陵老家飞奔，闭门躲在自家院中，靠她二人身上一点钱财，每日买些伙食度日。"

蒲先生忙问："魏槐兄，你去开封与二位小姐会合时，并没有父母书信作证，却怎能令红玉、碧玉二位小姐相信你？"

槐兄一惊，他面颊微红，答道："儿时向来与二位小姐熟识，故此未疑心我撒谎。"槐兄又连忙道："待一个月后，父母二人不声不响返回家中。先是与小姐抱头痛哭，随后道明眼下的形势：张青云先生遭宋平云狗贼陷害，被诛了九族，到如今张青云先生虽已昭雪，却不幸离世，宋平云狗贼的事情尽数讲明。小姐听了，顿时瘫倒在地，放声大哭，随后连连咬牙切齿，发誓要为全家亲手报仇。至于父母二人，本是被张青云先生所救，见小姐正有报仇的决意，更加欣慰，连声对天发毒誓，定斩宋平云狗贼。之后，父母称官府内宋狗贼的耳目众多，报官并非出路，便尽数变卖了家产，带着我与小姐二人流落天涯，四处打听宋平云狗贼的下落，打算亲手报仇。

"有心人，天不负，大约八年半前的光景，父亲在外探听消息时，听广平有人说起半年前搬来了宋姓的土豪，在乡里为非作歹。问起来历，乡里人却纷纷摇头不知，只说这家人从不提当家的名讳。于是，父亲认定此人定是避祸的狗贼宋平云。我一家五人，便搬到与广平相近的吴村，伺机动手报仇。待父亲与我二人往广平去了几次，认定此贼果然是宋平云。我一家便细心谋划斩杀狗贼全家。父母二人见小姐斩杀狗贼的志向无比坚定，便计划要小姐亲手斩杀宋平云狗贼以报大仇。但他二人又担心小姐本是弱女子：一旦失手，定遭宋平云狗贼所害，即使乘其不备得手，却怎能从满是恶仆的宋宅活着归来？"

蒲先生忽然问道："魏槐兄所指小姐，是红玉？"

见槐兄称是，蒲先生又问："既然如此，容我冒昧相问，红玉姑娘既然坚决复仇，想必早有必死觉悟。活命归来，怎会成为计划的阻碍？"

槐兄抱拳道："蒲先生有所不知，红玉是张青云先生孤种。虽她早有必死觉悟，然父母二人坚决反对，不准她轻举妄动。"

蒲先生默默点头，继而示意槐兄继续。

"父母二人差我前往广平衙门府当差，借机探听宋平云狗贼的状况。为避免引来怀疑，特地将姓氏'卫'字改作'魏'字，不只如此，二老更刻意佯装我打猎未归，命丧南山，假装下葬。实际我每月寻着机会，便要趁夜色回家与二老、两位小姐禀报形势，再趁天色未亮赶回广平。故此无人察觉。在广平衙门当差半年有余，我见宋平云狗贼行事谨慎，他自知平日横行乡里得罪不少人，因此日夜有心腹家仆守护宅邸。其中，有四名人高马大的羌人，更是凶狠好斗的得力保镖。这般形势，我思忖正面无从下手，唯有利用'埋伏之毒'，才能破解。于是，我与二位小姐以及二老敲定：由小姐混入宋狗贼宅邸手刃宋狗贼，以血祭张青云大人在天之灵。同时我也混入狗贼宅邸作为掩护，在小姐动手的同时，斩杀除宋平云其他家眷。随后二人再一同逃出宅邸。如此计划，料想凭借红玉的国色天香之貌混入宋平云狗贼府邸不难，只是我应当如何潜入向来谨慎的宋狗贼之宅邸，实在是一大难题。

"为此，经历足足半年，二老谋划了惊人的策略：他们打算效仿司徒王允的连环计，以小姐为貂蝉，引宋狗贼与一家人结下深仇。如此一来，与人结下深仇之宋平云狗贼定将不安，此时我若以保镖为名，再借机糊弄几句，趁机混入宋家大有希望。如此，便可与小姐同时潜入宋家下手。不但如此，更能要宋平云狗贼再背夺妻骂名而死，岂不要他留下千古骂名？为此，经过仔细筛选，我们选定广平的落魄名门，冯相如家：因冯相如父亲冯骜执拗自用，脾气暴躁，在两家冲突中极可能伤残，以扩大仇恨。冯相如则稳重执着，不会轻易飞蛾扑火，便可持续向宋狗贼施加压力。非但如此，二老更命小姐与冯相如留存香火，以绝冯相如拼死的后路。"

王御使惊愕不已："手段竟如此绝伦？红玉竟也会听从？"

槐兄长叹口气："父母二人的复仇之火熊熊燃烧，外人丝毫劝阻不得。一旦有所违背，便要被斥为'不顾父母恩情，忘恩负义之辈'。如此一来，小姐怎敢不从？"

我闻言不由顿生惆怅。正感慨间，槐兄又道："原本计划，是将小姐嫁入冯家，待到有了子嗣，便暗哄宋家，称原本许给宋平云狗贼之妾遭冯家所夺，冯家非但不放人，更出言不逊。以此引宋狗贼往冯相如家抢妻。如此，冯相如便与宋狗贼有了夺妻之恨。想冯家定不会善罢甘休，要闹上衙门，却不知宋狗贼势大，奈何不了。如此，宋狗贼便在眼下有了时刻可能与他拼死的仇人冯相如。此时，我当以保镖之名混入宋狗贼家，与小姐二人里应外合，斩杀宋平云狗贼全家。得手后，我立刻带小姐逃跑，将命案栽赃与冯举人，哄官府结案，再与父母二老复命。"

蒲先生忽道："只是没料到，红玉假戏真做，在勾引冯举人期间，竟然爱上了他。甚至为冯举人迟迟不肯执行计划。因她深知一旦开始美人计，冯家定将落得家破人亡的下场。"

槐兄仰天长叹，说道："小姐与冯相如私通半年，迟迟不肯诱冯相如来家中迎娶，每每与父母推辞时机不成熟。然而父母二人察觉到红玉的心思，不停责备她贪恋男色，不顾父母恩情，威逼她动手。却不想正在这节骨眼上，红玉与冯相如二人私通之事，竟被冯鹜察觉，红玉被骂出冯家。当晚，红玉哭哭啼啼回到家，与父母二老说起此事。二老纷纷傻了眼，不知如何是好。"

"被冯鹜察觉，莫非红玉刻意为之？"蒲先生连连皱眉，问道。

槐兄面无表情道："不知。但依着小姐的痴情，若真为冯相如，也不令人惊讶。"

"只是害碧玉作为代替，嫁入了冯家。"蒲先生忧愁道。

槐兄不禁全身一颤，随即道："竟被蒲先生察觉？的确，二老在烦恼后，选定碧玉替了红玉嫁入冯家。"言罢，槐兄闭了眼，长叹口气；随即说道："碧玉不曾辜负二老的期待，她嫁入冯家，与冯相如恩爱两年，留下了福儿。只是二老不承想，碧玉竟从此不再出家门，害二老无从与宋狗贼指认小妾的面貌，从而实现美人计。想是碧玉也爱上了冯相如，故此同红玉一般，不肯执行复仇计划吧。"言罢，槐兄沉默片刻，又道："只是二老最终寻着机会，趁碧玉与冯相如二人清明外出之时，将碧玉指给宋平云狗贼看，称是原本许给宋狗贼的小妾，却不想为冯相如所夺，更遭了冯家许多讽刺。宋狗贼果然大怒，但没想到他竟没强取豪夺，而是试图以高价收买。"

"想是宋狗贼怕再惹出是非，欠下人情。"蒲先生淡然答道。

"正是这般。"槐兄答道，"但冯骜的一席恶言却彻底激怒了宋平云狗贼，他派出羌人侍卫将冯骜活活打死，抢去了碧玉。冯骜之死，是为冯相如的仇恨火上浇油，助推计划。但却不承想……"

槐兄话音未落，蒲先生早答道："碧玉竟不等魏槐兄就位，便抢先下手，刺杀宋平云狗贼。非但如此，碧玉却并未得手，反遭宋狗贼杀害。"

槐兄面露痛苦神色，轻轻点头，随即道："想必是为了冯相如，不愿让他受苦。因此刺杀宋平云狗贼，打算一了百了吧。"言罢，槐兄垂头不发一言。

半晌，蒲先生开口问道："魏槐兄，可愿开口讲明混入宋狗贼宅邸是何以实现的？"

槐兄闻言，连连拱手称歉，道："那时冯相如终日咬牙切齿，屡屡上告，却不往宋平云狗贼府前闹事。宋平云狗贼忧心冯举人韬光养晦，以求报复，心中很是不安，又不敢贸然出手杀害。于是，我便假造文书，佯装调离广平，却化作雷教头，变了声音容貌，蓄起胡须，折返宋平云狗贼府上。我寻着机会，见宋平云狗贼外出时与他搭话道：'既有心中疑虑，何不雇真正侍卫？'宋狗贼被说中心坎，连连称是。我又哄他：'何不比武招卫？更可震慑冯小儿莫要轻举妄动。'这宋平云狗贼果真中计，欢欢喜喜设下擂台。我便光明正大混入宋狗贼府邸当差。"

言至此处，我连忙抱拳道："槐兄武艺高强，横扫擂台，又除了夷族悍将。如此身手，是哪里习得？"

槐兄抱拳答道："实不相瞒，是我十六岁在广平衙门府当差时，有位神秘老者忽然找到我，称愿以盖世武艺传授。我当时正有复仇所需，连忙满口答应。便在每日黄昏时分与他习武，空暇时便寻着无人之处自行练习。直到……"

槐兄话音未落，蒲先生早开口问道："魏槐兄，刺杀宋平云狗贼当晚，所有细节果真如我等推测？那无头的尸首，想必乃是四大金刚，秦野之尸首吧？"

槐兄一惊："正如蒲先生所说。我临近动手时，寻着机会，激怒四大金刚并趁机将三人铲除。留下其中一人在野外相约决战，并趁机将他打昏，服下药，偷偷扛回宅邸。当晚，我潜入宋狗贼两个儿子屋中，将两个孽子统统斩杀，正当我出门之时，却……"槐兄忽然停住，面色凝重无比，几乎落泪，黯然道："不想撞见府内无辜侍女，却只能一刀斩杀。"

"香儿？"蒲先生默默道。

槐兄痛苦无比，轻轻点头确认，呢喃道："唯有香儿，令我为刺宋狗贼之事愧疚不堪至今。"

蒲先生木然道："行刺半途撞见不速之客，没有不灭口之理。"又长叹道："复仇本是化身修罗恶鬼的道路，无辜之众遭卷入，却也是……"没说完，蒲先生垂头，连连叹息。

槐兄沉默良久，才开口道："斩杀宋狗贼一家后，我拖出秦野尸首，一刀两段。再将平日守夜所用的长刀扔在尸首旁，随后提起秦野的头颅，边大叫边往墙边跑去。待到宋狗贼那些恶仆见着，我自一跃而过。出了墙，我便提着秦野的首级往南山跑，刨了坑埋下，随即连夜返回吴村，将得手之事告知二老，再换回广平捕快的服装，刮去胡子，重编辫子，骑马回到广平衙门府报到。"

"但槐兄诱出冯举人栽赃，身着冯举人的衣装是为何？"我好奇问道。

蒲先生一笑："是为便于结案的缘故。若有凶手顶罪，此案便可一带而过，不会再遭调查，又怎至于牵出今日的事端？"

槐兄苦笑称是，又道："只是不承想，小姐对已是落魄不堪的冯相如痴心不改，竟然设计为他开脱。我听她一一列出所造证据，还发誓救冯相如出狱，更抱回了福儿，也便心一软，遂了她的愿。我本以为她只有此事相谈，没想到竟又道来二老自尽之事。她道二老在我走后没过多久，便双双上吊自尽。我悲恸不已，却无法再回吴村抛头露面，只好将丧葬之事全部拜托小姐。随后，我便兑现约定，用插在床楣的匕首威吓李如松，唬他不得轻举妄动。又收集小姐一早安排乐当家、张掌柜、张猎户三家人的证词，为冯相如开脱。如此一来，李如松便匆忙放走了冯相如，不敢再刁难。只是不想李如松竟被我的雕虫小技吓得丧了命，我虽有些愧疚，但这厮当真是个胆小如鼠、好吃懒做的昏官。"

王御使忙拱手："魏名捕所为实属义举，不必疑虑！"

蒲先生则迫不及待问："关于恐吓李县令的机关，魏槐兄可是采用我的手段？"

槐兄笑道："算九成相同。"

蒲先生一惊，忙问："请问余下一成，是差在哪里？"

"我哪有蒲先生调校机械的才干，只是将匕首插入床楣，虚掩床帘后，取了鹅卵石在窗帘后潜伏。待到老贼沉睡，我用力将石子砸向床板，方才惊醒老贼查看床榻，而实现威慑。待到众多捕快衙门前来救时，再混入其中过关。"槐兄又道："我反而对蒲先生凭浑身力气，竟将短匕射至床板惊诧哩！若我操作，只怕匕首根本飞不进排水口。"

蒲先生却苦笑道："承蒙槐兄称赞，那机关原来是我画蛇添足。实在献丑！"

槐兄连忙抱拳道："蒲先生已是令我佩服之至了！我一家布下的连环诡计，竟被蒲先生一一破解，实在甘拜下风！"言罢槐兄苦笑起来，"听蒲先生提起'尸变'，料想必是棘手对手。事到如今，却也不出我所料。若还有机会，只望能真正与三位同仁并肩探案一回。"

"承让，承让！"蒲先生连连称谦，也道，"事已至此，魏槐兄不必担心。我们自有分寸，绝不坏了红玉与冯举人的好事。也愿魏槐兄珍惜，为了碧玉，为了追随主人而去的父母，也为了香儿，更当背负起故人的心愿，坚忍度日。怎能轻易舍命？"

槐兄连连拱手道："就依蒲先生所言。从此我魏槐决不再轻生，更当加倍努力，偿还过往罪孽。"随即，他又接连转向我与王御使，拱手道："难得与飞兄相聚，又听命于开明的御史大人，竟要与二位对立，实在惭愧！"

我连忙道："槐兄何必如此，今后还有共同奋战机会，何愁已成往事之事？"

王御使也道："魏名捕大可不必自称罪孽，你当是为广平铲除恶霸的英雄。"

这番言罢，"红玉"至此，终于告一段落。

槐兄整顿了情绪，便热情邀我、蒲先生、王御使一同出行郊游。解开了紧拧的心结，放松了焦躁的情绪，这次出行，我们四人格外舒畅。蒲先生在马背上妙语连珠，为我三人细细道来"赵城义虎"的传世奇闻，听得我们三人连连拍手称赞。

第二日，王御使落笔如飞，不消半日便写好李县令身患癔症而死的奏折，更为冯举人拟好了伸冤的状子。随后，我等请冯举人到衙门府，将状子亲自过目。冯举人阅毕，连连俯首称谢。至此，我们在广平的任务，已悉数完成，终于也到了告别之时。

临行，槐兄与王御使送我和蒲先生到衙门府门口，王御使对蒲先生笑道："蒲先生，此行多有劳烦。想先生之才，狐鬼居士的名号怎能镇住？我王某人实在佩服，再次斗胆以狐鬼神探相称，不知先生意下如何？"

蒲先生大笑道："就依王御使所言，这狐鬼神探，听来实比狐鬼居士威风许多！那么，王御使，魏槐兄，在下狐鬼神探蒲松龄，先行告辞了！二位保重！"言罢，蒲先生转身打马，扬鞭而去。

尾声

"蒲先生，广平之行，真是如梦似幻。"伴着马蹄声，我再度回首广平奇案，不禁与蒲先生感慨道。

　　"怎讲?"蒲先生笑问。

　　"卫家老两口为主人复仇，竟设下如此毒计，更不惜以两位千金和自家养子为代价。如此的执念，实在令人侧目!"

　　蒲先生点点头，低声道："确实如此。依魏槐兄的说辞，这两口是被张青云所救的孤儿，他两人不惜生命，弑仇报主，也是情理之中。只是他们为报仇无所不用其极，竟不惜搭上两女一子的整个人生，实在令人唏嘘!"沉默片刻，蒲先生又叹道："依魏槐兄所言，卫氏夫妇打着复仇旗号发号施令，稍有反抗便被斥为忘却父母恩情。依这两人屡谋毒策的情景，槐兄所言，只怕有不及而无过之!"

　　我听了更加慨叹，不禁说道："蒲先生，这般疯狂的复仇，终究意义何在?"

　　蒲先生惨然道："飞，你先想，此事可有一位赢家?"

　　听蒲先生所说，我回想起此间的全部人氏：卫氏一家五人，三人身故，两人终生不得相认，实属悲惨；槐兄更要身背杀害无辜的自责以度余生。冯举人被玩弄于股掌之间数年，一度家徒四壁、走投无路，饱尝杀父之仇夺妻之恨的痛苦。至于丢了命的宋家以及下场凄惨的一众仆人更不必提起。这般想来，卷入此事的全部人等，皆饱受苦难摧残，却哪有一位赢家？

蒲先生见我面色惨然，长叹道："但此仇怎能不报？"

话毕，我与蒲先生竟一时无言。半晌，我才与蒲先生另起话题："说起狐仙之事，终究也只是传说了？不想原本探访传闻之旅，竟拆穿了狐女奇谈，害蒲先生空手而归，我实在心有愧疚。"

蒲先生笑道："飞，大可不必如此！我正打算以红玉为题，翔实记下此间怪谈。此行可谓满载而归，我称感谢还来不及，怎敢埋怨半处？"

我一惊，忙道："蒲先生竟在你奇谈书中录下凶案？"

蒲先生笑答："只凭冯举人所言，'红玉'是件感人肺腑的爱情奇谈。其中的玄妙，更丝毫不亚于真正的怪谈。如此的轶闻，录入书中有何不可？"

我却忙道："但岂不会对槐兄不利？"

蒲先生连声笑道："我怎会录入引来魏槐兄嫌疑之事？将短匕插入的床楣改为床板，即可完全破除手法、只字不提雷教头，便可在灭门案上消除破绽。不必担心。"见我依旧踌躇低吟，蒲先生大声道："飞，莫非忘了我曾说过，我笔下，虽为神鬼奇谈，却道人间之事。"

见蒲先生狡辩不停，我刻意与他抬杠道："既如此，蒲先生且说说'尸变'，却有人间何事？"

不料蒲先生答道："飞，你怎不见我书中内容，是刻意为引来后人猜疑？"随即他细细道来："不见我在开篇，便提及四人乃是来往负贩的车夫？若有人起疑，这恰恰暗示了谋财害命的动机。随后'计无复之，坚请容纳'，'坚'字中，可有某人的怂恿？'甫就枕，鼻息渐粗''唯一客尚朦胧'，两句如此相对之语，怎不能引来读者疑心？至于客人与尸身追逐逃窜之事，我以'道人窃听良久，无声'，暗示寺院内并无一人见过追逐场景，而只是听见叫喊。至于终曲，我甚至上书'此情何以信乡里'，以引来'此情难以信乡里'的疑虑！引后人对我的记载起疑，进而稍加整理，察觉'尸变'的蹊跷，才是我的本意！我只想以此事告诫天下人，细心推敲所闻之事，而非盲信盲从。"

听蒲先生一席话，我连声惊道："如此说来，蒲先生当真用心良苦！"

蒲先生却笑道："依王御使戏言，我愿天下人皆成狐鬼神探！"

广平，街上的人群聚集在告示前，久久围拢，相互谈论着。

　　我打马经过，不禁会心一笑：想王御使自返回朝野，不惜废寝忘食，写下宋平云狗贼畏罪潜逃，对冯家犯下久难昭雪的滔天恶行，禀报了圣上。当今圣上见了奏折，又惊、又喜、又怒，一面匆匆派人核实，一面犒劳王御使。又出了千金，请刺杀宋平云狗贼一家的义士前往皇宫，领取千金赏赐。一时间皇宫前门庭若市，千百的"豪侠"自称手刃狗贼一家。然而其中晓得宋平云狗贼死在广平的，不过百分之一，得知宋平云狗贼"一家"仅有一妻两子的，却无一人。真正的英雄魏槐，却依旧栖身广平，安然就职。至于那包庇宋平云狗贼的省督抚，则被斩首示众。一时间人心大快，百姓纷纷摆手称好，道着圣上的英武名号。

眼前为人热议的告示，正是圣上派人连夜加印，发往各地通知宋平云狗贼已死之事，以及请义士前来领千金赏赐之邀。

走过熙熙攘攘的人群，我并未前往衙门府与槐兄相聚，而在一家毫不起眼的客栈中落脚。待到黄昏时分，原本坐在榻上发愣的我长叹口气，起身，又披了件衣服，往屋外走去。

伴着瑟瑟秋风，我举目而视，只见苍穹蓝得澄澈深邃，又见几片红叶翩翩飘过。然而我却没有玩赏的情调，连忙扯了外衣，悄然前行。

不出所料，高大的男子头顶斗笠，手捧娇艳的牡丹，正独自垂头前行。到一座并不起眼的坟头，男子将手中的牡丹轻轻扯碎，仔细散落在墓前。随即，他跪倒，道："姐姐，我回来了。九泉之下，父母两人可得安逸？香儿，也需麻烦你继续照顾。"

伴着秋风，坟前的牡丹，随风静静飘散开来。

"姐姐，我有幸与志同道合的伙伴相识相聚。我答应他们，为了亡者的心愿，更是为他们的期待，我从此当坚强地活下去。只是，不知何时，才能再与你相见。"言罢，男子半晌无言。

随即，传来颤抖的声音："姐姐，九泉之下，你可曾孤单？"忽又传来破涕为笑的言辞："姐姐，或许我，只是很傻的弟弟吧？或许冯相如才是你……"又是一段漫长的沉默。

我站在路边，借着树影遮身，目睹着眼前一切，脑海中回想起，唯一没有如实解答的提问："蒲先生，槐兄为何计划陷害冯举人？"

"为何？飞，"我悄声自言自语，"因为魏槐兄本也是常人吧。"说起一向不通男女情愫的飞，料他也难有感触。魏槐兄之所以陷害冯相如，其实是因他对两人的愤怒：冯相如以及红玉。

他恨红玉，只顾与冯相如卿卿我我，不顾使命，导致碧玉陷入冯相如之手，进而魂断宋家宅邸。他更恨冯相如，抢去碧玉，恩爱两年。

你与我道，槐兄本为豪杰，怎会是心胸狭隘之人？飞，你难道依然看不分明，魏槐兄与碧玉两人，才是恩爱的鸳鸯，才是难以割舍的恋人？眼见恋人被他人所夺，最终丧命，魏槐兄怎可能不心生怨恨？更怎能不怨恨夺爱之人？

飞，先前与你扯谎，是我的过错。我蒲三哥，现在就为你道明其中真相。

十年前，张青云一家被狗贼陷害，满门抄斩。唯有两位仆人在家中藏匿了本家的孤种，张青云之女——红玉。而这对夫妇，却另有个伶俐女儿——碧玉。其后的故事你也晓得，夫妇二人见仇人逃走，便谋划亲手报仇。直至此时，被拆散的魏槐与碧玉，才得重聚。

却不承想，复仇大计竟因红玉爱慕冯相如而破灭。但走火入魔的夫妇二人，竟命亲生女儿碧玉相替，不肯放弃复仇大计，生生夺走了魏槐兄的恋人，强行嫁与他人。飞，你岂不见魏槐提起养父养母之死，从未悲痛？再往后的故事，你便早已知晓。

话先至此，飞，眼前还有愚钝之人，待我点化哩！

下定决心，我闪出树影，对跪倒之人道："果真在此，魏槐兄。"

"蒲先生，"魏槐兄没有回头，道，"虽早料阁下会觉察到此，却不想竟在此日寻至此处。我，拜服了。"忽然，他回头与我苦笑道："只是不想竟遭蒲先生眼见如此不堪的一幕。"

我见他两道泪痕依稀可见，正要搭话。他却早回过头，道："姐姐，笨拙如我，木讷如我，怎能与冯相如相提并论？只愿来生，再与我白头偕老吧。"

听着耳边惨然如泣的风声，我不能容忍，怒道："够了！"

魏槐兄愣愣地转过头，与我不解地相视。

"魏槐兄，以你的才智，为何看不透如此简明之事？"见魏槐兄毫不答话，我又怒道："你擅自断定恋人移情别恋，又妄自菲薄。九泉之下的碧玉，如何瞑目？！你以为碧玉与冯相如相爱，故此躲避父母的连环计，因贪恋安宁时日。你可曾想过，红玉究竟因何故才迟迟不肯执行计划，直到遭冯鹜驱赶？只因红玉不忍见相爱之人遭人戏、失爱妻、中毒计，再走上家破人亡的地狱！相爱之人，世界中早没了他人，更不剩自己，只有彼人而已！"

闻言，魏槐顿时浑身瘫软，趴在地上浑身颤抖。

"碧玉姑娘，分明是为了阻止你踏上沾满血腥、万劫不复的复仇之路，方才四处躲避，拖延计划，只因不愿再连累你。每日，她想你未经浩劫便暗自欣慰。每日，她无法与你相见便受如火煎熬！魏槐兄，你可知道，碧玉姑娘飞蛾扑火般刺杀宋狗贼，非为冯相如，非为复仇，只是为阻挡你成为嗜血害人、委身仇人篱下的雷教头！你却想想，碧玉时常在家中无故落泪，是为何故！"言毕，我再难抑制心中的无名怒火，冲上前抓起魏槐的肩膀，拼命摇着他，大声吼道："心中只有你一人，愿为你不惜生命，如此的恋人，你竟敢说她另与他人相好？！"

泉涌般的泪水猛然奔下魏槐兄的眼眶，他连滚带爬地转过身，死命抱着碧玉冰冷的墓碑放声哀号。

撕心裂肺的哭喊声，久久飘荡在丛林上空。

只有几片牡丹的花瓣，随着和风，轻轻飘落在他的肩膀。

全文改编自《聊斋志异》篇目《红玉》全文，在此录原文如下：

广平冯翁有一子，字相如，父子俱诸生。翁年近六旬，性方鲠，而家屡空。数年间，媪与子妇又相继逝，井臼自操之。

一夜，相如坐月下，忽见东邻女自墙上来窥。视之，美；近之，微笑；招以手，不来亦不去。固请之，乃梯而过，遂共寝处。问其姓名，曰："妾邻女红玉也。"生大爱悦，与订永好，女诺之。夜夜往来，约半年许。

翁夜起闻女子含笑语，窥之见女。怒，唤生出，骂曰："畜产所为何事！如此落寞，尚不刻苦，乃学浮荡耶？人知之，丧汝德；人不知，促汝寿！"生跪自投，泣言知悔。翁叱女曰："女子不守闺戒，既自玷，而又以玷人。倘事一发，当不仅贻寒舍羞！"骂已，愤然归寝。

　　女流涕曰："亲庭罪责，良足愧辱！我二人缘分尽矣！"生曰："父在，不得自专。卿如有情，尚当含垢为好。"女言辞决绝，生乃洒涕。女止之曰："妾与君无媒妁之言，父母之命，逾墙钻隙，何能白首？此处有一佳耦，可聘也。"告以贫。女曰："来宵相俟，妾为君谋之。"次夜，女果至，出白金四十两赠生。曰："去此六十里，有吴村卫氏，年十八矣，高其价，故未售也。君重啖之，必合谐允。"言已，别去。生乘间语父，欲往相之，而隐馈金不敢告。翁自度无资，以是故，止之。生又婉言："试可乃已。"翁颔之。生遂假仆马，诣卫氏。

　　卫故田舍翁，生呼出引与闲语。卫知生望族，又见仪采轩豁，心许之，而虑其靳于资。生听其词意吞吐，会其旨，倾囊陈几上。卫乃喜，浼邻生居间，书红笺而盟焉，生入拜媪。居室逼侧，女依母自幛。微睨之。虽荆布之饰，而神情光艳，心窃喜。卫借舍款婿，便言："公子无须亲迎。待少作衣妆，即合舁送去。"生与期而归。诡告翁，言卫爱清门，不责资。翁亦喜。至日，卫果送女至。女勤俭，有顺德，琴瑟甚笃。逾二年，举一男，名福儿。

　　会清明抱子登墓，遇邑绅宋氏。宋官御史，坐行赇免，居林下，大煽威虐。是日亦上墓归，见女艳之，问村人，知为生配。料冯贫士，诱以重赂，冀可摇，使家人风示之。生骤闻，怒形于色。既思势不敌，敛怒为笑，归告翁。翁大怒，奔出，对其家人，指天画地，诟骂万端。家人鼠窜而去。

宋氏亦怒，竟遣数人入生家，殴翁及子，汹若沸鼎。女闻之，弃儿于床，披发号救。群纂舁之，哄然便去。父子伤残，吟呻在地，儿呱呱啼室中。邻人共怜之，扶之榻上。经日，生杖而能起；翁忿不食，呕血，寻毙。生大哭，抱子兴词，上至督抚，讼几遍，卒不得直。后闻妇不屈死，益悲。冤塞胸吭，无路可伸。每思要路刺杀宋，而虑其扈从繁，儿又累托。日夜哀思，双睫为之不交。

忽一丈夫吊诸其室，虬髯阔颔，曾与无素。挽坐，欲问邦族。客遽曰："君有杀父之仇，夺妻之恨，而忘报乎？"生疑为宋人之侦，姑伪应之。客怒，眦欲裂，遽出曰："仆以君人也，今乃知不足齿之伧！"生察其异，跪而挽之，曰："诚恐宋人饵我。今实布腹心：仆之卧薪尝胆者，固有日矣。但怜此襁中物，恐坠宗祧。君义士，能为我杵臼否？"客曰："此妇人女子之事，非所能。君所欲托诸人者，请自任之；所欲自任者，愿得而代庖焉。"生闻，崩角在地，客不顾而出。生追问姓字，曰："不济，不任受怨；济，亦不任受德。"遂去。生惧祸及，抱子亡去。

至夜，宋家一门俱寝，有人越重垣入，杀御史父子三人，及一媳一婢。宋家具状告官。官大骇。宋执谓相如，于是遣役捕生，生遁不知所之，于是情益真。宋仆同官役诸处冥搜，夜至南山，闻儿啼，踪得之，系缧而行。儿啼愈嗔，群夺儿抛弃之，生冤愤欲绝。

见邑令，问："何杀人？"生曰："冤哉！某以夜死，我以昼出，且抱呱呱者，何能逾垣杀人？"令曰："不杀人，何逃乎？"生词穷，不能置辩。乃收诸狱。生泣曰："我死无足惜，孤儿何罪？"令曰："汝杀人子多矣，杀汝子何怨？"生既褫革，屡受梏惨，卒无词。令是夜方卧，闻有物击床，震震有声，大惧而号。举家惊起，集而烛之，一短刀，铦利如霜，剡床入木者寸余，牢不可拔。令睹之，魂魄丧失。荷戈遍索，竟无踪迹。心窃馁，又以宋人死，无可畏惧，乃详诸宪，代生解免，竟释生。

生归，翁无升斗，孤影对四壁。幸邻人怜馈食饮，苟且自度。念大仇已报，则鞭然喜；思残酷之祸几于灭门，则泪湒湒堕；及思半生贫彻骨，宗支不续，则于无人处大哭失声，不复能自禁。如此半年，捕禁益懈。乃哀邑令，求判还卫氏之骨。及葬而归，悲怛欲死，辗转空床，竟无生路。

忽有款门者，凝神寂听，闻一人在门外，哝哝与小儿语。生急起窥觇，似一女子。扉初启，便问："大冤昭雪，可幸无恙！"其声稔熟，而仓卒不能追忆。烛之，则红玉也。挽一小儿，嬉笑跨下。生不暇问，抱女呜哭，女亦惨然。既而推儿曰："汝忘尔父耶？"儿牵女衣，目灼灼视生。细审之，福儿也。

大惊，泣问："儿那得来？"女曰："实告君，昔言邻女者，妄也，妾实狐。适宵行，见儿啼谷中，抱养于秦。闻大难既息，故携来与君团聚耳。"生挥涕拜谢，儿在女怀，如依其母，竟不复能识父矣。天未明，女即遽起，问之，答曰："奴欲去。"生裸跪床头，涕不能仰。女笑曰："妾诳君耳。今家道新创，非夙兴夜寐不可。"

乃剪莽拥篲，类男子操作。生忧贫乏，不自给。女曰："但请下帷读，勿问盈歉，或当不戕饿死。"遂出金治织具，租田数十亩，雇佣耕作。荷镵诛茅，牵萝补屋，日以为常。里党闻妇贤，益乐资助之。约半年，人烟腾茂，类素封家。生曰："灰烬之余，卿白手再造矣。然一事未就安妥，如何？"诘之，答曰："试期已迫，巾服尚未复也。"女笑曰："妾前以四金寄广文，已复名在案。若待君言，误之已久。"生益

原文附录

213

神之。是科遂领乡荐。时年三十六，腴田连阡，夏屋渠渠矣。女袅娜如随风欲飘去，而操作过农家妇。虽严冬自苦，而手腻如脂。自言二十八岁，人视之，常若二十许人。

另附上聊斋《尸变》原文如下：

阳信某翁者，邑之蔡店人。村去城五六里，父子设临路店，宿行商。有车夫数人，往来负贩，辄寓其家。

一日昏暮，四人偕来，望门投止，则翁家客宿邸满。四人计无复之，坚请容纳。翁沉吟，思得一所，似恐不当客意。客言："但求一席厦宇，更不敢有所择。"时翁有子妇新死，停尸室中，子出购材木未归。翁以灵所室寂，遂穿衢导客往。入其庐，灯昏案上。案后有搭帐，纸衾覆逝者。又观寝所，则复室中有连榻。四客奔波颇困，甫就枕，鼻息渐粗。惟一客尚朦胧，忽闻灵床上察察有声，急开目，则灵前灯火，照视甚了。女尸已揭衾起。俄而下，渐入卧室。面淡金色，生绢抹额。俯近榻前，遍吹卧客者三。客大惧，恐将及己，潜引被覆首，闭息忍咽以听之。未几，女果来，吹之如诸客。觉出房去，即闻纸衾声。出首微窥，见僵卧犹初矣。客惧甚，不敢作声，阴以足踏诸客。而诸客绝无少动。顾念无计，不如着衣以窜。才起振衣，而察察之声又作。客惧，复伏，缩首衾中。觉女复来，连续吹数数始去。少间，闻灵床作响，知其复卧。乃从被底渐渐出手得裤，遽就着之，白足奔出。尸亦起，似将逐客。比其离帏，而客已拔关出矣。尸驰从之。客且奔且号，村中人无有警者。欲叩主人之门，又恐迟为所及，遂望邑城路，极力窜去。至东郊，瞥见兰若，闻木鱼声，乃急挝山门。道人讶其非常，又不即纳。旋踵，尸已至，去身盈尺。客窘益甚。门外有白杨，围四五尺许，因以树自障。彼右则左之，彼左则右之。尸益怒。然各寝倦矣。尸顿立，客汗促气逆，庇树间。尸暴起，伸两臂隔树探扑之。客惊仆。尸捉之不得，抱树而僵。

道人窃听良久，无声，始渐出，见客卧地上。烛之死，然心下丝丝有动气。负入，终夜始苏。饮以汤水而问之，客具以状对。时晨钟已尽，晓色迷蒙，道人觇树上，果见僵女，大骇。报邑宰，宰亲诣质验，使人拔女手，牢不可开。审谛之，则左右四指，并卷如钩，入木没甲。又数人力拔，乃得下。视指穴，如凿孔然。遣役探翁家，则以尸亡客毙，纷纷正哗。役告之故，翁乃从往，舁尸归。客泣告宰曰："身四人出，今一人归，此情何以信乡里？"宰与之牒，赍送以归。